AF423786

TRISTÁN E ISOLDA

JOSEPH BÉDIER

TRADUCCIÓN DEL FRANCÉS DE
FERNANDO DÍEZ DE MIRANDA

Título original:
LE ROMAN DE TRISTAN E ISEUT.
L'Edition d'Art. Henri Piazza. Paris.

Viento Joven
I.S.B.N.: 956-12-2594-7.
2ª edición: septiembre de 2015.

Obras Escogidas
I.S.B.N.: 956-12-2595-4.
3ª edición: septiembre de 2015.

Gerente Editor: Alejandra Schmidt.
Asistente editorial: Camila Domínguez.
Director de Arte: Juan Manuel Neira.
Diseñadora: Mirela Tomicic.
Ilustración de portada: Carlos Denis.

Impreso por Salesianos Impresores.
General Gana 1486. Santiago de Chile.

ÍNDICE

¿Por qué editar hoy esta leyenda del siglo XII? Hoy, que podemos leer millares de libros sobre el amor –hay obras psiquiátricas, históricas, biológicas y hasta químicas–, libros que intentan explicar el amor, reducirlo a fórmulas humanamente comprensibles, condensarlo en recetas psicoanalíticas, expresarlo en las páginas de la prensa amarilla y azucararlo mediante la cocinería hollywoodense; hoy, cuando el amor humano es perseguido y sirve de señuelo propagandístico al comercio grande y pequeño, se hace necesario restituirle algo de su misterio, de su dignidad y de su fuerza, dando a conocer una de las más antiguas leyendas de amor del mundo occidental.

Tristán e Isolda vienen a refrescar el amor que sobrevive apenas en nuestras calles pavimentadas, en nuestras viviendas estrechas, en nuestras ciudades atronadas por la prisa y el miedo.

Hoy, en que hombres y mujeres han borrado más y más la línea que los diferencia, viene Tristán vestido de hierro e Isolda de velos.

Hoy, en que los más dorados misterios caben en un computador, viene Tristán a hablarnos de espadas encantadas e Isolda de un filtro mágico.

Hoy, finalmente, en que el amor de Dios revolotea sobre el mundo en busca de un amor humano donde posarse, viene Tristán a contarnos que su amor fue triste, porque no pudo amar a Isolda más allá de los límites del hombre.

¿Puede el amor humano justificar el mal? ¿Puede llamarse amor a esa llama que no titubea en quemar al amigo, al padre, a Dios mismo, con tal de seguir viva? ¿Es esta llama más fuerte que el acero de la libertad humana? ¿Existen los esclavos del amor, las víctimas del amor, los sacerdotes y sacerdotisas del amor?

Inquietantes preguntas, a las que Tristán e Isolda responden con su vida entera. Ambos simbolizan el deseo universal de amar sin vallas, sin dolores de parto; ambos muestran, también, hasta qué punto un filtro de amor ideal puede borrar todas estas limitaciones humanas.

El editor

Señores, ¿os place escuchar un hermoso cuento de amor y de muerte? Es la historia de Tristán y de Isolda, la reina. Oíd cómo se amaron con gran goce y dolor grande, y el mismo día murieron por amor: él por ella y ella por él.

I
LAS MOCEDADES DE TRISTÁN

Antaño reinaba el rey Marés en Cornualles. Al saber que sus enemigos lo asediaban, Rivalén, rey de Leonís, cruzó el mar para ir en su ayuda. Le sirvió con la espada y el consejo, como lo haría un vasallo. Tan fielmente le sirvió, que Marés le dio en recompensa a su hermana Blancaflor, a la que Rivalén amaba con un amor admirable.

La desposó en la iglesia de Tintagel. Pero, apenas se hubieron casado, Rivalén supo que su antiguo enemigo, el duque Morgan, tras haber invadido Leonís, devastaba sus campos y ciudades. Rivalén aparejó entonces de prisa sus naves y partió con Blancaflor, que estaba encinta, rumbo a la patria lejana. Desembarcó frente a su castillo de Kanoel, confió el cuidado de su mujer a su mariscal Rohalt —Rohalt, al que todos, por su lealtad, le daban el hermoso apodo de Rohalt el

Fiel– y luego, después de reunir a sus barones, partió a la guerra.

Blancaflor lo esperó largo tiempo, pero ¡ay!, Rivalén no volvería jamás.

Un día Blancaflor supo que el duque Morgan lo había asesinado a traición. No lloró, no dio ayes ni gritos, pero sus miembros se volvieron débiles y laxos, y su alma quiso desgajarse del cuerpo. Rohalt se esforzaba por consolarla:

–Mi reina –le decía el mariscal– nada ganáis con mantener vuestro duelo y vuestro sufrimiento, ¿acaso la muerte no alcanza a todos los nacidos? Que Dios reciba a los muertos y proteja a los vivos…

Pero ella no quiso escucharle. Y estuvo tres días a punto de reunirse con su señor. Al cuarto día dio a luz un hijo y, tomándolo en brazos, le dijo:

–Hijo mío, os he deseado durante mucho tiempo; veo aquí a la creatura más bella que ha nacido de mujer. Triste es mi primer parto, triste es vuestra primera fiesta y por vos me entristece morir. Como vinisteis a la tierra en medio de la tristeza, tendréis por nombre Tristán.

Dichas estas palabras, besó a su hijo, y no bien lo hubo hecho, expiró. Rohalt el Fiel recogió al huérfano.

Los hombres del duque Morgan asediaban el castillo de Kanoel. ¿Cómo podría Rohalt continuar la lucha? Bien se dice que la desmesura no es proeza. Y Rohalt tuvo que entregarse al duque Morgan.

Pero, temiendo que Morgan degollara al hijo de Rivalén, el mariscal lo hizo pasar por su propio hijo y lo educó junto a los suyos.

Cumplidos los siete años, cuando llegó el momento de separarlo de las mujeres, Rohalt confió la educación de Tristán a un sabio maestro: el escudero Gorvenal. Este le enseñó a manejar la lanza, la espada, el escudo y el arco; a lanzar tejos de piedra y a saltar las zanjas más anchas. Le enseñó a aborrecer la mentira y la deslealtad, a socorrer a los débiles y a mantener la palabra empeñada. Lo instruyó en el arte de cantar y tocar el arpa, y en el arte de la caza. Y cuando el muchacho cabalgaba junto a los jóvenes escuderos, se hubiera dicho que él, su caballo y sus armas formaban un solo cuerpo. Al verle tan gallardo, tan noble, ancho de espaldas, fino de talle, fuerte, fiel y valeroso, todos loaban a Rohalt por tener tal hijo. Pero Rohalt pensaba en Rivalén y en Blancaflor, cuya gracia y juventud revivían en su retoño. Amaba a Tristán como a un hijo, y en el secreto de su corazón lo reverenciaba como a su señor.

Aconteció, sin embargo, que toda su dicha le fue arrebatada cuando unos marinos noruegos, después a atraer a Tristán a bordo de la nave, se hicieron a la mar con la hermosa presa. Mientras singlaban hacia tierras desconocidas, Tristán se revolvía como un lobato entrampado.

Pero está probado y todos los marinos lo saben, que el mar lleva a disgusto a las naves desleales y no se hace cómplice de raptos y traiciones. Así, las olas se alzaron con furia, envolvieron a la nave en neblina y la mantuvieron ocho días a la deriva. Finalmente, los marinos divisaron a través de la bruma una costa erizada de farellones y arrecifes, donde el mar quería destrozar el casco del barco.

Entonces se arrepintieron, y como sabían que la ira del mar la provocaba el malaventurado rapto del niño, juraron ponerlo en libertad y aparejaron una barca para llevarlo a tierra firme.

Al punto amainaron el viento y el oleaje, brilló el sol, y mientras la nave de los noruegos se perdía en lontananza, las olas mansas y juguetonas depositaron la barca de Tristán en una playa.

El joven escaló con gran esfuerzo el acantilado y vio, más allá de un frondoso brezal, un inmenso bosque. Estaba lamentándose y añorando a Gorvenal y a Rohalt, su padre, cuando el ruido lejano de una cacería le alegró el corazón. Un hermoso ciervo surgió de pronto en la linde del bosque. La jauría y los monteros lo acosaban con fuertes gritos y toques de cornos. Cuando los sabuesos se le colgaron de la cruz como racimos, el ciervo se entregó a pocos pasos de Tristán. Un montero lo remató con un venablo.

Mientras los cazadores, formados en círculo, tañían a muerte, Tristán vio con extrañeza que el montero mayor cortaba profundamente la garganta del ciervo, para degollarlo.

–¿Qué hacéis, señor? -exclamó-. ¿Creéis que está bien degollar a este noble animal como a un cerdo? ¿Es esta la usanza de vuestra tierra?

–Gallardo amigo –respondió el montero– ¿qué os sorprende en lo que hago? Primero corto la cabeza del animal; luego divido el cuerpo en cuatro pedazos, que llevaremos colgados de los arzones hasta el castillo de nuestro rey Marés. Así lo hemos hecho siempre en Cornualles, desde los antiguos monteros. Pero si vos conocéis una mejor manera, mostrádnosla; tomad este cuchillo, amigo, y la aprenderemos gustosos.

Tristán se arrodilló y desolló el ciervo antes de trozarlo. Seguidamente lo descuartizó, dejando intacto el esternón, como es la buena usanza. Puso luego a un lado la cabeza, la grupa, la lengua y la gran vena del corazón. Los monteros y la jauría lo rodeaban, mirándolo encantados.

–Amigo, hermosa es esa costumbre –dijo el montero mayor–. ¿Dónde la aprendisteis? Desidnos vuestro nombre y de dónde venís.

–Señor, me llaman Tristán, y aprendí esto en Leonís, mi tierra.

—Que Dios recompense al padre que tan noblemente os educó. ¿Es, sin duda, un barón rico y poderoso?

Pero Tristán, que sabía cuándo hablar y cuándo callar, respondió ladinamente:

—No, señor, mi padre es mercader; mi nombre es Tristán; me escapé de casa en una nave que iba a tierras lejanas, porque deseaba conocer las costumbres de otros pueblos. Pero, si me aceptáis entre vuestros monteros, os seguiré gustoso y os haré conocer otras artes de montería.

—Me extraña, gallardo Tristán, que exista un país donde los hijos de mercader sepan lo que en otras tierras ignoran los hijos de gentilhombres. Pero venid con nosotros, si así lo queréis. Sed bienvenido. Os llevaremos a la mansión de nuestro señor, el rey Marés.

Tristán terminó de trozar el ciervo. Entregó a los perros el corazón, la cabeza, la asadura y las orejas. Seguidamente clavó en picotas los bien cortados trozos y los entregó a los monteros. A uno dio el morro, a otro la grupa. Otro recibió la ijada y el último, el solomillo. Y los alineó en bien ordenada procesión, según la importancia de las piezas que llevaban.

Se encaminaron, charlando amistosamente, hasta llegar a un soberbio castillo. Lo rodeaban praderas, huertos, vertientes y tierras de cultivo. Numerosas naves entraban al puerto. El castillo, bello e inexpugnable, dominaba el mar. Su torre de homenaje, levantada otrora por gigantes, estaba hecha de bloques de piedra, grandes y bien tallados, dispuestos a modo de damero sinople y azur.

Tristán preguntó el nombre del castillo.

–Lo llaman Tintagel –le respondieron.

–¡Que Dios os bendiga, Tintagel! –exclamó Tristán– ¡y benditos sean quienes os habitan!

En aquel castillo, precisamente, se habían desposado sus padres Rivalén y Blancaflor. Pero Tristán lo ignoraba.

Cuando llegaron al pie de la torre de homenaje, los sones de los monteros atrajeron a los barones y al propio rey Marés.

El montero mayor le relató la aventura y Marés admiró el bien trozado ciervo y la ordenada cabalgata. Pero más que nada admiró al hermoso joven extranjero. No podía apartar los ojos de él. El rey pensaba, sin comprenderlo, por qué el muchacho le atraía tanto.

Era la sangre que hablaba en él. Era el amor que tuvo a Blancaflor, su hermana.

Aquella noche, una vez levantada la mesa, se presentó un trovador galés, maestro en su arte. Cantó algunas baladas, acompañándose con el arpa.

Tristán estaba sentado a los pies del rey, y cuando el trovador preludiaba una nueva canción, le habló así:

–Maestro, esa canción es hermosísima. Los bretones la cantaron antiguamente para celebrar los amores de

Graelent. Su música es grata y gratos son sus versos. Vuestra voz es hábil, maestro; repetidla bien.

Cantó el galés y luego respondió:

—Joven, ¿qué sabéis vos del arte musical? ¿Por ventura los mercaderes de Leonís enseñan a sus hijos el arte de tañer el arpa y tocar la viola? Levantaos, tomad esta arpa y mostradnos vuestro arte.

Tristán tomó el arpa y cantó tan bellamente, que los barones se enternecían escuchándolo. Y Marés oía embelesado al arpista venido de Leonís, la tierra adonde Rivalén se había llevado a su hermana Blancaflor. Terminada la canción, el rey se mantuvo en silencio por largo rato.

—Hijo mío —dijo finalmente—, ¡bendito sea el maestro que os enseñó y bendito seáis vos! Dios ama a los buenos trovadores. Sus voces y sus arpas penetran en el corazón de los hombres, despertando recuerdos y haciéndoles olvidar duelos y quebrantos. Para alegría nuestra llegasteis a nuestra morada. Quedaos junto a mí por largo tiempo, amigo mío.

—Con gusto os serviré, señor —respondió Tristán—. Seré montero, arpista y vasallo vuestro.

Y así ocurrió, y durante tres años una ternura recíproca fue creciendo en sus corazones. Por las mañanas Tristán iba con el rey a las audiencias o a la caza. Por la noche dormía en los aposentos reales, con los pares y consejeros; si el rey estaba triste, tañía el arpa y aliviaba sus cuitas. Los barones le amaban y, especialmente, como sabréis más adelante, el senescal Dinas de Lidan. Pero más tiernamente que los barones, más que Dinas, le amaba el rey. Pero, a pesar de ser tan bien amado, Tristán no se consolaba y añoraba a Rohalt, su padre, y a su maestro Gorvenal, y sentía nostalgia de Leonís, su patria.

Señores, conviene que el narrador deseoso de agradar sepa ser breve. Hermoso y variado es el tema de esta historia. ¿Para qué, entonces, alargarla? Os diré, pues, brevemente, cómo después de haber errado mucho tiempo por mares y tierras, Rohalt desembarcó en Cornualles, encontró a Tristán, y mostrando al rey el rubí que había dado a Blancaflor como regalo de bodas, le dijo:

—Rey Marés, este es Tristán de Leonís, vuestro sobrino, el hijo de Blancaflor y Rivalén. El duque Morgan posee sus tierras a la mala, es tiempo de que vuelvan a su legítimo heredero.

Os contaré, también, que Tristán, después de ser armado caballero por su tío, cruzó el mar en las naves de Cornualles, se hizo reconocer por los antiguos vasallos de su padre, desafió al asesino de Rivalén, le dio muerte y recuperó sus tierras.

Pensó después que el rey Marés no podía vivir feliz sin él. Y, como la nobleza de su corazón le revelaba siempre el obrar más juicioso, convocó a sus barones y condes, y les dijo:

—Señores de Leonís, reconquisté mi patria y vengué a Rivalén, con la ayuda de Dios y la vuestra. Así he restablecido los derechos de mi padre. Dos hombres, empero, socorrieron al niño huérfano y desvalido. También debo llamarlos padres. ¿No es justo que tengan derechos sobre mí? Ahora bien, un hidalgo posee dos bienes: su tierra y su cuerpo. A Rohalt, que aquí veis, dejaré mis tierras. Padre mío, serán tuyas, y cuando vuestros días terminen, las poseerá vuestro hijo. Al rey Marés cederé mi cuerpo. Dejaré este país, aunque me es muy querido, y me iré a servir a Marés en Cornualles. Esto es lo que pienso. Pero vosotros sois mis vasallos, y debéis aconsejarme. Si alguno es de otro parecer, que se levante y hable.

Pero todos los barones, con los ojos llenos de lágrimas, lo alabaron y aprobaron su decisión.

Tristán, acompañado solo de Gorvenal, partió rumbo a Cornualles.

II
EL MORHOLT DE IRLANDA

uando Tristán volvió a Cornualles, Marés y todos sus barones estaban de duelo, porque el rey de Irlanda había equipado una flota para asolar el reino si Marés seguía rehusando, como lo había hecho por quince años, el pago de un impuesto que entregaban sus antepasados. Pues habéis de saber que, según antiguos convenios, los irlandeses podían recolectar en Cornualles trescientas libras de cobre el primer año; el segundo año, doscientas libras de plata fina, y trescientas libras de oro el tercer año. Pero, llegado el cuarto año, se llevaban trescientos jóvenes y trescientas doncellas de quince años de edad, sorteados entre las familias de Cornualles.

Ahora bien, aquel año el rey de Irlanda envió a Tintagel, llevando su mensaje, a un caballero gigante, su cuñado, el invencible Morholt. El rey Marés mandó misivas selladas a todos los barones, convocándolos a consejo.

El día fijado, reunidos ya los barones en la gran sala del castillo, Marés se sentó bajo el dosel y el Morholt le habló así:

—Rey Marés, escuchad por última vez el ultimatum del rey de Irlanda. Os urge a pagar finalmente el tributo que le debéis. Como te has negado tanto tiempo a hacerlo, debéis entregarle de inmediato trescientos jóvenes y trescientas doncellas de quince años, sorteados entre las familias de Cornualles. Mi nave está anclada en el puerto de Tintagel; se los llevará en calidad de siervos. Sin embargo, y os exceptúo a vos, Marés, como es debido, si alguno de vuestros barones quiere probar en lid que el rey de Irlanda cobra este tributo sin derecho, aceptaré su desafío. ¿Quién de vosotros, señores de Cornualles, quiere luchar por la libertad de este país?

Los barones se miraban a hurtadillas y bajaban la cabeza. Uno pensaba para su interior:

"Infeliz de vos, mirad la estatura del Morholt: es más fuerte que cuatro hombres robustos. Mirad su espada, ¿no sabéis acaso que está embrujada? Cada vez que el rey de Irlanda envía al Morholt a cobrar tributos, el gigante hace volar con la espada la cabeza de los osados campeones. Alfeñique, ¿que no veis que os buscáis la muerte si lo desafiáis?"

Otro se decía:

"Queridos hijos: no os eduqué para labores de siervos. Y a vosotras, hijas amadas, no os crié para cortesanas. Pero mi muerte no os salvaría".

Y todos callaban.

Otra vez habló el Morholt:

—¿Quién de vosotros acepta mi desafío? Os ofrezco un hermoso combate. Dentro de tres días, iremos a la isla de Saint-Simon, en alta mar, frente a Tintagel. Allí vuestro caballero y yo trabaremos singular combate y la gloria de vencer recaerá sobre toda su estirpe.

Aún callaban todos, como pajarillos en una jaula cuando se les suelta un halcón.

Por tercera vez habló el Morholt:

—Bien, gallardos señores de Cornualles, puesto que os parece noble vuestra conducta, sortead a vuestros hijos y me los llevaré. No creía, empero, que esta fuera una tierra de esclavos.

Entonces Tristán se arrodilló a los pies del rey Marés y dijo:

—Mi rey y señor, si queréis acordarme esa gracia, seré yo el campéon.

El rey Marés intentó en vano disuadirlo; pensaba: "¿De qué le servirá a este joven su osadía?"

Pero Tristán desafió al Morholt y este aceptó el reto.

El día convenido, Tristán se recostó sobre una colcha de fina tela roja y le armaron para el combate. Se hizo colocar una cota de mallas y un yelmo de acero bruñido. Entretanto, los barones lloraban de compasión por el osado caballero y de vergüenza por su propia cobardía.

–¡Ay, Tristán –decían–, valeroso caballero, bello y joven, no haber sido yo quien hubiera emprendido esta batalla! Mi muerte no habría producido un duelo tan grande en esta tierra.

Suenan las campanas, y todos, nobles y plebeyos, mujeres, ancianos y niños, llorando y rezando, acompañan a Tristán hasta la playa. Aún tenían esperanza, pues la esperanza del corazón humano se alimenta de escasos pastos.

Tristán se subió a una barca y enfiló hacia la isla de Saint-Simon. El Morholt había aparejado su mástil con una vela de rica púrpura y llegó primero a la isla. Estaba amarrando su barca cuando Tristán saltó a tierra y, con el pie, devolvió su embarcación al mar.

–Vasallo, ¿qué hacéis? –preguntó el Morholt–. ¿Por qué no habéis amarrado, como yo, vuestra barca?

–¿Para qué, vasallo? –repuso Tristán–. Solo uno de nosotros saldrá vivo de aquí, ¿no le basta una barca?

Y los dos, provocándose con fieras palabras, se internaron en la isla.

Nadie vio la cruenta batalla, pero tres veces la gente creyó oír un grito feroz traído por la brisa marina. Entonces las mujeres golpearon sus manos en señal de duelo y los compañeros del Morholt, agrupados frente a sus tiendas, rieron.

Finalmente, a la hora de nona, se vio en lontananza una vela púrpura: la barca del irlandés se hacía a la mar. Resonó un gran clamor de tristeza: "¡El Morholt, el Morholt!" Pero de pronto, al hacerse más visible la barca sobre una ola, divisaron a un caballero de pie en la proa. Blandía una espada en cada mano. Era Tristán. Al punto volaron veinte barcas a su encuentro y los muchachos se echaron a nado. El valeroso caballero saltó sobre la arena y, mientras las mujeres besaban de rodillas sus pies guarnecidos de acero, gritó a los compañeros del Morholt:

—Señores irlandeses, el Morholt peleó un buen combate. Mirad: mi espada está mellada, un fragmento de la hoja quedó incrustado en su cráneo. Llevaos ese trozo de acero: ¡es el tributo de Cornualles!

Luego se encaminó a Tintagel. A su paso, los niños agitaban ramas verdes con fuertes voces y se tendían lujosos tapices en las ventanas. Pero apenas Tristán llegó al castillo en medio de cantos jubilosos, fanfarrias y campanas al vuelo, se desplomó en brazos del rey Marés; la sangre corría de sus heridas.

Los hombres del Morholt llegaron a Irlanda muy abatidos. Antes, cuando entraba al puerto de Weisefort, el Morholt se alegraba al ver a sus hombres que lo aclamaban, a la reina, a su hermana y a su sobrina Isolda, la rubia de cabellos de oro, cuya hermosura brillaba como el alba. Lo acogían con ternura, y, si había recibido alguna herida, lo curaban, pues sabían de bálsamos y de brebajes que reaniman a los heridos en trance de muerte. Pero ahora, ¿de qué les sirven las recetas mágicas, los filtros, las hierbas cogidas a la hora propicia? El Morholt yacía muerto, envuelto en una piel de ciervo, y la astilla de la espada enemiga aún seguía incrustada en su cráneo.

Isolda la Rubia extrajo el fragmento y lo guardó en un cofrecillo de marfil precioso, como relicario. Inclinadas sobre el enorme cadáver, madre e hija repetían a porfía los elogios del muerto, maldecían sin descanso al asesino y, a veces la una, a veces la otra, dirigían las fúnebres oraciones de las mujeres. A partir de ese día, Isolda aprendió a odiar el nombre de Tristán de Leonís.

Entretanto, en Tintagel, Tristán languidecía. De sus heridas manaba sangre envenenada. Los médicos descubrieron que el Morholt le había clavado un dardo envenenado, y como sus ungüentos y brebajes no lo sanaban, lo encomendaron a Dios. Las llagas despedían un hedor tan insoportable, que le rehuían sus mejores amigos, excepto el rey Marés, Gorvenal y Dinas de Lidan. Solo ellos permanecían junto a su lecho y el amor les ayudaba a vencer la repugnancia. Tristán se hizo transportar a una cabaña junto al mar. Acostado frente el oleaje, esperaba la muerte.

"¿Me habéis abandonado, rey Marés, a mí, que salvé el honor de vuestra tierra? —se preguntaba-. No, sé que daríais vuestra vida por mí. Pero, ¿qué valen vuestros cuidados y ternuras? Debo morir, aunque es hermoso ver el sol y mi corazón aún tiene bríos. ¡Tentaré al mar borrascoso! Quiero que me lleve lejos, solo; quizá encuentre a quien sepa curarme. Y puede ser que algún día os sirva de nuevo, rey Marés, como arpista, montero y buen vasallo".

Tanto suplicó, que el rey Marés accedió a ponerlo en una barca sin velas ni remos. Tristán quiso que le dejaran solo un arpa. ¿Para qué llevar velas, para qué remos que no podría usar? ¿Qué haría con una espada?

Como un marinero que arroja por la borda el cadáver de su compañero, así, con manos temblorosas, Gorvenal empujó mar adentro la barca en que yacía su discípulo amado. Y el mar se la llevó.

Siete días y siete noches Tristán navegó dulcemente a la deriva. A veces tocaba el arpa y entretenía sus penas. Y sin que él lo supiera, el mar lo acercó a una costa. Sucedió que esa noche unos pescadores habían salido del puerto para lanzar sus redes mar adentro. Iban remando cuando oyeron una hermosa melodía, vivaz y briosa, que se desplazaba a ras de las olas. Escuchaban sin chistar, dejando sueltos los remos y, en el primer blanco del alba, divisaron la barca errante.

—Es como la música que envolvía la nave de San Brendan —se decían—, cuando bogaba hacia las Islas Afortunadas, sobre el mar blanco como la leche.

Remaron en pos de la barca que iba a la deriva; lo único que parecía vivir en ella era la voz del arpa. Pero, a medida que se aproximaban, la música se debilitaba, y cuando llegaron cerca de la barca, las manos de Tristán habían caído inertes sobre las cuerdas aún vibrantes. Recogieron al herido y lo llevaron al puerto, para dejarlo en manos de su compasiva señora del castillo, que tal vez podría curarlo.

¡Pero, ay! Aquel puerto era Weisefort, donde yacía el Morholt, y la señora del castillo era Isolda la Rubia. Solo ella, hábil en filtros, podía salvar a Tristán; pero ella era la única mujer que deseaba su muerte. Cuando Tristán volvió en sí, reanimado por los filtros de Isolda, comprendió que estaba en tierra peligrosa. Pero aún sabía cuidarse y encontró razones hábiles y astutas para hacerlo. Contó que era juglar y que había tomado pasaje en una nave mercante que iba a España, donde quería aprender el arte de leer en las estrellas. Los piratas atacaron su nave y él se había fugado en una barca.

Le creyeron, y ninguno de los compañeros del Morholt reconoció al hermoso caballero de la isla de Saint-Simon, tanto el veneno había deformado sus rasgos. Pero, pasados cuarenta días, cuando Isolda ya lo había curado y sus miembros recobraban la flexibilidad, comprendió que debía huir. Escapó y, después de correr muchos peligros, apareció un día ante el rey Marés.

III
LA BELLA DE
LOS CABELLOS DE ORO

Había en la corte del rey Marés cuatro barones, hombres viles como pocos, que odiaban a Tristán con negra inquina por su proeza y por el tierno amor que el rey le profesaba. Os diré sus nombres: Andret, Guenelon, Gondoine y Denoalen. El duque Andret era, como Tristán, sobrino del rey Marés. Sabiendo que el rey pensaba envejecer sin descendencia, para dejar sus tierras a Tristán, le acicateó la envidia y quiso, con mentiras, enemistar a Tristán con los hombres importantes de Cornualles.

—Cuántos prodigios ha obrado este joven —decían los felones—. Pero vosotros sois hombres de gran juicio, señores, y debéis atended a vuestra razón: es sin duda una gran hazaña triunfar sobre el Morholt. Pero, ¿qué sortilegios le permitieron navegar solo y casi moribundo? ¿Quién de vosotros podría conducir una barca sin velas ni remos? Los magos pueden hacerlo, según dicen. ¿Y en qué tierra de hechicería pudo curar sus llagas? No cabe duda: es un brujo, su barca estaba encantada y su arpa también lo está; tañéndola, vierte ponzoña en el corazón de nuestro rey. ¡Cuán pronto se adueñó de ese corazón con sus encantamientos y hechicerías! ¡Será rey, señores, y de un brujo recibiréis vuestras tierras!

Persuadieron a la mayoría de los barones, porque muchos ignoran que el amor y el coraje pueden tanto como la hechicería… Los barones presionaron al rey Marés para que tomara por esposa a una princesa que le diera herederos. Si rehusaba, se retirarían a sus castillos para hacerle la guerra. El rey se resistía y juraba en su corazón que mientras viviera su amado sobrino, ninguna mujer ocuparía el lecho real. Pero Tristán, a quien dolía el reproche de servir interesadamente al rey, amenazó a Marés, diciéndole:

—Si no accedéis al deseo de los barones, me iré a servir al rey de Gavoia.

Entonces el rey se fijó un plazo ante sus barones: dentro de cuarenta días daría cuenta de su decisión.

El día fijado, solo en su cámara, el rey esperaba la llegada de sus vasallos, mientras pensaba tristemente: "¿Dónde encontrar una princesa tan lejana e inaccesible que yo pudiera fingir que la quiero por mujer?"

En ese instante, por la ventana abierta sobre el mar entraron, peleándose, dos golondrinas que construían sus nidos; luego, bruscamente asustadas, desaparecieron. Pero de sus picos se había escapado un largo cabello de mujer, más fino que la seda y brillante como un rayo de sol.

Marés lo cogió e hizo entrar a Tristán y a los barones.

—Señores —les dijo-, tomaré esposa para complaceros. Pero deseo que busquéis a la que he elegido.

—Por cierto, señor, la buscaremos. ¿A quién habéis elegido?

—Escogí a la princesa a la que pertenece este cabello de oro, y sabed que no aceptaré otra.

—¿Y dónde, señor, habéis encontrado ese cabello de oro? ¿Quién os lo ha traído? ¿De qué país?

—Me lo han traído dos golondrinas; ellas saben dónde está.

Los barones comprendieron que habían sido burlados. Miraban a Tristán con despecho, pues lo creían autor de la estratagema. Pero cuando Tristán examinó el cabello de oro, se acordó de Isolda la Rubia. Sonrió y dijo:

—Rey Marés, ¿no véis que las sospechas de estos señores echan sombras sobre mí? Pero vana será vuestra burla. Iré yo mismo en busca de la Bella de los Cabellos de Oro. Habéis de saber que la búsqueda es peligrosa, y me será más difícil volver de su tierra que de la isla donde di muerte al Morholt. Pero deseo daros nuevamente mi alma y mi vida en esta aventura. Y para que vean vuestros barones que os amo con amor filial, hago este juramento: o muero en la empresa o traigo a este castillo de Tintagel a la dueña de los rubios cabellos.

Tristán equipó una hermosa nave y la cargó de trigo, vino, miel y toda clase de preciosas mercaderías. Se hizo acompañar de Gorvenal y tripuló el barco con cien jóvenes de probado valor y rancio abolengo. Los vistió con sencillez, porque deseaba que parecieran simples mercaderes. Pero bajo cubierta escondían los ricos vestidos que convienen a enviados reales. Cuando la nave estuvo en alta mar, el piloto preguntó:

–Señor, ¿qué rumbo debo tomar?

–Amigo, singlemos hacia Irlanda, derecho hacia el puerto de Weisefort.

El piloto se estremeció. ¿Es que Tristán no sabía, por ventura, que desde la muerte del Morholt, el rey de Irlanda perseguía a las naves cornuallesas? Apresaba a sus tripulantes y los ahorcaba. Sin embargo, el piloto obedeció y ganó la tierra peligrosa.

Al principio Tristán logró persuadir a la gente de Weisefort que sus compañeros eran pacíficos mercaderes ingleses. Pero como estos extraños mercaderes se pasaban el día en pasatiempos de gente noble, como el ajedrez y las damas, y parecían entender más del juego de dados que de medir trigo, Tristán temía ser descubierto y no sabía cómo emprender la búsqueda.

Un día, al despuntar el alba, oyó una voz tan espantosa, que se hubiera dicho que era el grito de un demonio. Nunca en su vida había escuchado un rugido de bestia tan horrible y extraño. Llamó a una mujer que pasaba por el puerto y le preguntó:

—Decidme, señora, ¿de dónde viene esa voz que acabo de oír? No me lo ocultéis.

—Os lo diré, señor, sin mentiros. Es la voz de una fiera alimaña, el bicho más repugnante que pisa la tierra. Todos los días baja de su cueva y se coloca junto a una puerta de la ciudad. Nadie puede entrar y nadie puede salir, mientras no se le haya entregado una doncella. Cuando el dragón la tiene en sus garras, la devora en un credo.

—Señora —dijo Tristán—, no os burléis de mí; pero decidme si es posible que un hombre nacido de mujer pueda darle muerte.

—A fe mía, señor, no lo sé. Pero os diré algo cierto: veinte caballeros de probado valor han tentado ya la aventura, pues el rey de Irlanda hizo proclamar por heraldos que su hija Isolda la Rubia sería el galardón de quien matara al monstruo. Pero el dragón los devoró a todos.

Tristán volvió a su nave y se armó en secreto. Qué hermoso hubiera sido ver salir de la nave mercante a un caballero tan gallardo y a un corcel tan bello. Pero el puerto estaba desierto, pues despuntaba recién el alba, y nadie vio al valiente cabalgar hasta la puerta que la mujer le había señalado.

De pronto aparecieron cinco jinetes a galope tendido, que, sueltas las riendas y espoleando a sus caballos, huían hacia la ciudad. Tristán agarró a uno por sus rojos cabellos trenzados, con tanta fuerza que, levantándolo en vilo, lo sentó sobre la grupa de su cabalgadura.

–Que Dios os salve, señor –dijo Tristán–. Decidme, ¿por qué camino viene el dragón?

Apenas el fugitivo le hubo mostrado la ruta, Tristán lo dejó libre.

El monstruo avanzaba. Tenía cabeza de bicha, los ojos rojos como brasas, dos cuernos en la frente, largas y peludas orejas, garras de león, cola de serpiente y cuerpo de grifo cubierto de escamas.

Tristán espolea su corcel con tal fuerza, que la bestia, amusgadas de pavor las orejas y erizada la tusa, se lanza contra el monstruo. La lanza de Tristán da contra las escamas y vuela en mil pedazos. Rápidamente el caballero desenvaina su espada y asesta un mandoble a la cabeza del dragón. Pero no logra ni siquiera rasguñar la piel. Mas el monstruo había sentido el golpetazo. Se apodera con sus garras del escudo enemigo y le corta las ataduras. A pecho descubierto, Tristán lo requiere nuevamente con la espada, y golpea sus costados con un golpe tan fuerte, que atruena el aire. Pero en vano; no logra herirlo.

Entonces el dragón arroja por las narices dos chorros de llamas ponzoñosas; la cota de mallas de Tristán se ennegrece como brasa apagada y su caballo cae muerto.

Pero apenas Tristán se levanta, hunde hasta el pomo su buen acero en la garganta del monstruo y le parte en dos el corazón. El dragón da un postrer y espantoso bramido y cae muerto.

Tristán le cortó la lengua y la metió en su calza. Luego, aturdido por la acre humareda, se encaminó a beber agua a un pantano que espejeaba a costa distancia. Pero el veneno que rezumaba la lengua del dragón se recalentó junto a su cuerpo, y el héroe cayó inerte sobre las hierbas que bordeaban la ciénaga.

Os diré que el fugitivo de los rojos cabellos trenzados era Aguynguerran el Rojo, senescal del rey de Irlanda, y que deseaba a Isolda la Rubia. Era cobarde, pero tanto puede el amor, que todas las mañanas se armaba y esperaba oculto al monstruo. Sin embargo, apenas lo oía acercarse, ponía pies en polvorosa. Aquel día osó volver grupas con sus compañeros. Encontró al dragón muerto y junto a él el cadáver del corcel y el escudo de

Tristán. Pensó que el vencedor agonizaba en la cercanía. Cortó entonces la cabeza del monstruo, la llevó al rey y reclamó la hermosa recompensa.

El rey no creyó en su hazaña; pero deseando hacerle justicia, convocó a sus vasallos a la corte. Les dijo:

—Dentro de tres días, delante de todos los barones, el senescal Aguynguerran presentará las pruebas de su victoria.

Cuando Isolda la Rubia supo que sería entregada al cobarde, soltó una risotada. Pero luego comenzó a lamentarse. Al día siguiente, muy de mañana, sospechando la impostura, tomó consigo a su criado, el rubio y fiel Perinis, y a Brangien, su dama de compañía, y secretamente cabalgó hacia la guarida del monstruo. En el camino Isolda vio las huellas de un caballo que no había sido herrado a la usanza de Irlanda.

Después encontró al corcel muerto, que no estaba enjaezado a la usanza del país.

Sin duda era un extranjero quien había dado muerte al dragón; pero, ¿vivía aún?

Isolda, Perinis y Brangien lo buscaron largo rato. Al fin Brangien vio brillar entre las hierbas el yelmo del caballero. Tristán aún respiraba. Perinis lo montó en su caballo y lo llevó a los aposentos de las mujeres. Allí, Isolda contó la aventura a su madre y le confió al extranjero. Cuando la reina le estaba quitando la armadura, de una de las calza del extraño cayó la lengua del dragón. Revivió entonces al herido con hierbas medicinales y le dijo:

—Extranjero, yo sé que fuísteis vos quien dio muerte al monstruo. Pero nuestro senescal, un cobarde, un felón, le cortó la cabeza y reclama a mi hija como recompensa. ¿Podríais de aquí a dos días probar su engaño en combate?

—Reina —dijo Tristán—, corto es el plazo, pero vos podéis, sin duda, sanarme en dos días.

"Si conquisté a Isolda en combate contra el dragón", pensaba, "quizá la conquiste también en lid contra el senescal".

La reina le dio entonces generoso hospedaje a Tristán, y destiló para él remedios eficaces. Al día siguiente, le preparó un baño y ungió delicadamente su cuerpo con un bálsamo preparado por su madre. Al detener su mirada en el rostro del herido, vio que era hermoso y se puso a pensar: "¡A fe mía, si su valor corre a parejas con su hermosura, mi campeón dará un duro combate!"

Tristán la miraba, reanimado por el baño y los ungüentos aromáticos, y al pensar que había conquistado a la Reina de los Cabellos de Oro, sonreía. Isolda se percató de ello y pensó:

"¿Por qué me sonríe el extranjero? ¿Habré hecho algo inconveniente? ¿Habré descuidado alguno de los servicios que una doncella debe a su huésped? Sí, eso debe de ser. Ríe, porque olvidé limpiar sus armas deslucidas por el veneno".

Tomó, pues, la armadura de Tristán.

"Este yelmo es de buen acero", se dijo, "no le fallará en el lance. Y esta cota de mallas es fuerte y ligera, digna de ser llevada por un valeroso caballero". Tomó la espada y pensó: "Hermoso acero, tal como conviene a un barón osado".

Al sacar Isolda la espada de su vaina para limpiarla, vio que la hoja estaba mellada. Se fijó en la forma de la astilladura. ¿No sería aquella la espada que mató al Morholt? Vacila, vuelve a mirar la espada, quiere cerciorarse bien. Corre a la cámara donde guarda el fragmento que antes retirara del cráneo del Morholt. El fragmento encaja. Apenas se percibe la marca de la rotura.

Se abalanzó entonces sobre Tristán y, blandiendo la espada sobre la cabeza del herido, le gritó:

–¡Vos sois Tristán de Leonís, el asesino del Morholt, mi tío! ¡Morid vos, ahora!

Vanamente se esforzó el maltrecho Tristán por detener el brazo. Pero su espíritu conservaba la agilidad.

–Sea. Moriré –razonó-. Pero escuchad, si queréis ahorraros remordimientos. Habéis de saber, princesa, que no tenéis solo poder, sino también derecho de matarme. Sí, tenéis derecho sobre mi vida, puesto que dos veces me la habéis conservado y devuelto. Una vez, hace poco; yo era el juglar herido que vos curasteis, librando mi cuerpo del veneno del Morholt. No os avergoncéis, doncella, de haber curado esas heridas. ¿Por ventura no las recibí en leal combate? ¿Maté acaso a traición a vuestro tío? Él me había desafiado. ¿No podía yo defender mi cuerpo? Por segunda vez me salvasteis al encontrarme en la ciénaga. Por vos di muerte al dragón. Pero dejemos eso; quería tan solo probaros que tenéis derecho sobre mi vida. Matadme, pues, si creéis que con ello ganaréis gloria y alabanzas. Sin duda, cuando estéis en brazos de tu senescal, os servirá de consuelo pensar en vuestro huésped herido, que arriesgó su vida por vos y a quien vos dísteis muerte cuando yacía indefenso en el baño.

Isolda exclamó:

—¡Qué extrañas razones oigo! ¿Por qué el asesino del Morholt quiso conquistarme? Así como mi tío deseaba llevarse trescientas doncellas de Cornualles, así queréis vos jactaros de haber tomado represalia, llevándoos como sierva a la doncella que el Morholt más quería.

—No… princesa, escuchad: un día volaron dos golondrinas a Tintagel, llevando uno de vuestros dorados cabellos. Creí que venían a anunciarme paz y amor. Por eso atravesé el mar en vuestra busca. Por eso hice frente al dragón venenoso. Mirad… aquí está vuestro cabello, cosido entre los hilos de oro de mi jubón. El oro se deslució y aún brilla vuestro cabello.

Isolda miró la noble espada, tomó en sus manos el jubón, vio el cabello de oro y calló largo rato. Luego besó en los labios a su huésped, en signo de paz, y lo vistió con lujosos ropajes.

El día de la asamblea, Tristán envió secretamente a Perinis para que avisara a sus compañeros que se presentaran en la corte vestidos cual conviene a los representantes de un gran rey. Esperaba poner fin a la aventura aquel mismo día.

Gorvenal y los cien caballeros habían estado cuatro días lamentando la muerte de Tristán; recibieron, pues, gozosos la noticia.

Uno a uno entraron en la sala donde se juntaban los muchos barones de Irlanda.

Se sentaron en una misma grada, ataviados con largas y ricas vestiduras cuajadas de pedrerías. Los irlandeses cuchicheaban entre ellos:

-¿Quiénes son estos magníficos señores? ¿Quién los conoce? Mirad sus mantos suntuosos, ornados de cebellina y flecos de oro. Ved cómo brillan las piedras preciosas en el pomo de sus espadas y en el broche de sus pellizas: rubíes, berilos, esmeraldas y tantas otras, cuyo nombre ignoramos. ¿Quién ha visto jamás tamaño esplendor? ¿De dónde vienen estos señores? ¿Quiénes son?

Pero los cien caballeros guardaban silencio y no se movían de sus asientos, quienquiera que entrase.

Cuando el rey de Irlanda se hubo sentado bajo el dosel, el senescal Aguynguerran el Rojo se ofreció a demostrar y sostener en combate que él había dado muerte al monstruo y que, por tanto, Isolda debía serle entregada.

Entonces Isolda se inclinó hacia su padre y le dijo:

–Mi rey, hay aquí un hombre que acusa a vuestro senescal de mentir y portarse como un traidor. Está pronto a testimoniar que él libró nuestra tierra del flagelo, y que vuestra hija no debe ser entregada a un cobarde. ¿Prometéis perdonarle sus antiguas faltas, por graves que sean, y concederle vuestra gracia y vuestra paz?

El rey lo pensó, sin apresurarse a responder. Pero los barones exclamaron a coro:

–¡Otorgádselas, señor! ¡Otorgádselas!

–Se las otorgo –dijo el rey.

Isolda se arrodilló entonces a sus pies y le dijo:

–Padre, dadme primero el beso de paz y de perdón, en señal de que se lo daréis a este hombre.

Recibido el beso, fue a buscar a Tristán y lo condujo de la mano a la asamblea. En cuanto lo vieron, los cien caballeros se levantaron a la vez, lo saludaron con los brazos en cruz sobre el pecho y se alinearon junto a él. Los irlandeses se dieron cuenta de que era su señor.

De pronto muchos lo reconocieron y resonó un gran grito: -¡Es Tristán de Leonís! ¡Es el asesino del Morholt! -Brillaron los aceros desnudos y voces coléricas repetían-: ¡Que muera!

Pero Isolda exclamó:

—Rey, besa a este hombre en la boca, como lo prometisteis.

El rey lo besó en la boca y el clamor se apaciguó.

Tristán mostró entonces la lengua del dragón y retó al senescal. Este no se atrevió a aceptar el desafío y confesó su fechoría.

Luego Tristán habló así:

—Señores, yo di muerte al Morholt y atravesé el mar para ofreceros un buen reparo por su sangre. Para compensar el crimen, he puesto mi cuerpo en peligro de muerte y os he librado del dragón. He conquistado a Isolda la Rubia y me la llevaré en mi nave. Pero, a fin de que sobre las tierras de Irlanda no se derrame el odio sino el amor, sabed que el rey Marés, mi preciado señor, la tomará por esposa. Ved aquí a cien caballeros de noble abolengo prestos a jurar por las reliquias de los santos que el rey Marés os envía un mensaje de paz y amor, que su deseo es honrar a Isolda como su cara esposa y que todos los hombres de Cornualles la servirán como a su reina.

Con gran alegría, trajeron los santos despojos y los cien caballeros juraron que decía la verdad.

El rey cogió a Isolda de la mano y preguntó a Tristán si la llevaría lealmente a su señor. Frente a sus cien caballeros y frente a todos los barones, Tristán juró que así lo haría.

Isolda la Rubia se estremeció de vergüenza y angustia. Tristán la despreciaba y la entregaba a otro. El hermoso cuento del cabello de oro era una patraña.

El rey puso entonces la mano de Isolda en la izquierda de Tristán. Y Tristán la retuvo en señal de que la tomaba en nombre del rey de Cornualles.

De tal suerte, por amor al rey Marés y con arrojo y astucia, Tristán llevó a cabo la búsqueda de la Reina de los Cabellos de Oro.

IV
EL FILTRO

Cerca del día en que Isolda sería entregada a los caballeros cornualleses, su madre cogió hierbas, flores y raíces, las mezcló con vino y confeccionó una poción de gran eficacia. No bien la hubo puesto en su punto con ciencia y magia, la vertió en un jarro y dijo en secreto a Brangien:

–Hija, acompañaréis a Isolda al país del rey Marés. Vos la amáis con amor leal; tomad, pues, este jarro de vino y no olvidéis mis palabras. Escondedlo de modo que ni ojo lo vea ni labio toque su borde. Y a la hora de la noche nupcial, cuando dejen solos a los esposos, verted este vino aromatizado en una copa y ofrecedlo a los esposos para que juntos lo beban. Cuidaos, hija, de que solo ellos gusten de este brebaje, pues su virtud consiste en que los que juntos lo beban se amarán para siempre, con todos los sentidos y todos sus pensamientos, en la vida y en la muerte.

Brangien prometió a la reina que así lo haría.

Hendiendo las aguas profundas, la nave transportaba a Isolda. Mientras más se alejaba de su patria, más se lamentaba la joven. Sentada en su tienda, donde se había retirado con Brangien, su doncella, lloraba recordando su tierra. ¿Adónde la llevaban? ¿Hacia quién? ¿Cuál sería su suerte?

Cuando Tristán se acercaba, deseando tranquilizarla con afectuosas razones, Isolda se irritaba, lo rechazaba, y el odio henchía su corazón. Él, el asesino del Morholt, el raptor, había venido a arrancarla mañosamente de los brazos de su madre, y ahora ni siquiera se dignaba guardarla para sí, sino que la llevaba como botín, sobre las olas, a tierra enemiga.

–¡Desgraciada de mí! –exclamaba–. ¡Maldito sea el mar que me lleva! ¡Prefiero morir donde nací a vivir en Cornualles!

Un día amainaron los vientos y las velas colgaban fláccidas de la arboladura. Tristán ordenó tocar tierra en una isla. Cansados del mar, los cien caballeros cornualleses y los marineros bajaron a la ribera. Solo Isolda permaneció en la nave con una criadita.

Tristán se acercó a la reina deseoso de aliviar sus penas. Como quemase el sol y ambos tuvieran sed, pidieron de beber. La jovencita buscó una bebida y encontró el jarro de vino confiado a Brangien por la madre de Isolda.

—¡Encontré vino! —les gritó.

No, no era vino: era pasión, era áspero goce y angustia infinita, y muerte…

La jovencita llenó un vaso y lo ofreció a su ama. Isolda bebió largamente, luego pasó el vaso a Tristán, que lo vació.

En ese instante entró Brangien y los vio mirarse en silencio, arrobados, enajenados. Y al ver ante ellos el jarro semivacío, lo tomó, corrió a popa y lo arrojó al mar, gimiendo:

—¡Infeliz de mí! ¡Maldito sea el día en que nací, y maldito sea el día en que subí a esta nave! ¡Isolda amiga, y vos, Tristán, habéis bebido vuestra muerte!

Nuevamente el barco singlaba hacia Tintagel. A Tristán le parecía que una zarza viva, de agudas espinas y fragantes flores, echaba raíces en su corazón, adhiriéndose fuertemente al cuerpo de Isolda, a su cuerpo, a sus pensamientos y a todos sus deseos. Pensaba:

"¡Andret, Denoalen, Guenelon y Gondoine, traidores que me acusábais de codiciar la tierra del rey Marés, yo soy aún más vil: no es tierra lo que deseo! ¡Mi amado tío, vos que amasteis al huérfano aún antes de reconocer en él la sangre de tu hermana Blancaflor, vos que tan tiernamente llorabais, llevándome a la nave sin remos! ¡Lástima que no expulsasteis el primer día a ese niño errante llamado a traicionaros! ¡Ay de mí, dónde he puesto mis pensamientos! Isolda es vuestra, y yo, vasallo vuestro; Isolda es vuestra, y yo, vuestro hijo; Isolda es vuestra y a mí no debe amarme".

Isolda, sin embargo, lo amaba. Quería odiarlo: ¿no la había desdeñado tan vilmente? Quería odiarlo y no podía… herida como estaba, en el corazón, por esta ternura más dolorosa que el odio.

Brangien los observaba, aún presa de un mayor tormento, pues solo ella sabía todo el mal que había causado.

Durante dos días los vigiló, los vio rechazar todo alimento y refrigerio. Los vio buscarse como ciegos, a tientas, el uno en pos del otro; desdichados si estaban separados, y más desdichados todavía cuando temblaban juntos ante la confesión que pugnaba por brotar de sus labios.

Al tercer día, Tristán se aproximó a la tienda donde estaba Isolda. Al verlo, ella le dijo humildemente:

—Entrad, señor.

—Reina —dijo Tristán—, ¿por qué me llamáis señor? ¿No soy acaso vasallo y siervo vuestro, que os debe reverencia, amor y servicio?

—No —respondió Isolda—: vos sabéis que sois mi amo y señor. ¡Vos sabéis que tu fuerza me domina y que yo soy vuestra sierva! ¡Ah! ¿por qué no reavivé en su momento las llagas del juglar herido? ¿Por qué no dejé morir al matador del monstruo entre las hierbas del pantano? ¿Por qué no asesté aquel mandoble sobre el caballero, mientras yacía en el baño? ¡Ay, no sabía entonces lo que hoy sé!

—Isolda, ¿qué sabéis hoy día? ¿Qué os atormenta?

—¡Ah! Todo lo que sé me atormenta, y todo lo que veo. ¡Este cielo me atormenta, y este mar, y mi cuerpo, y mi vida!

Posó su brazo sobre el hombro de Tristán. Las lágrimas apagaron la luz de sus ojos, temblaron sus labios.

Tristán preguntó de nuevo:

—Amiga, ¿qué os atormenta?

Ella respondió:

—El amor por vos.

Entonces él posó sus labios sobre los de ella.

Pero cuando estaban gustando por primera vez los goces del amor, Brangien, que los espiaba, dio un grito, y tendiendo los brazos, con el rostro empapado en lágrimas, se arrojó a los pies de ambos.

—¡Desdichados —exclamó—, volved atrás, si aún podéis! Pero no, el camino es sin retorno, ya la fuerza del amor os arrastra y nunca más tendréis gozo sin dolor. El filtro os posee, la bebida de amor que vuestra madre, Isolda, me había confiado. Solo el rey Marés y vos debíais beberla; pero el Maligno nos ha burlado y vosotros habéis bebido del jarro. Amigo Tristán, Isolda amiga, en castigo por mi falta os abandono mi cuerpo y mi vida, pues fue negligencia mía el que bebierais de la copa maldita del amor y de la muerte.

Los amantes se estrecharon. En sus bellos cuerpos palpitaban el deseo y la vida.

Tristán dijo:

—¡Venga la muerte!

Y al caer la tarde, en la nave que singlaba rauda hacia la tierra del rey Marés, unidos para siempre se entregaron al amor.

V
Brangien entregada a los siervos

El rey Marés recibió a Isolda la Rubia en la ribera. Tristán la tomó de la mano y la condujo al rey; el rey tomó posesión de ella, cogiéndola a su vez de la mano. Con grandes honores la llevó al castillo de Tintagel, y cuando apareció en la sala en medio de los vasallos, su belleza resplandeció en tal forma, que se iluminaron los muros, como si les diera el sol de la mañana. Entonces el rey Marés bendijo a las golondrinas, que con graciosa gentileza le habían traído el cabello de oro; bendijo a Tristán y a los cien caballeros, que, en la nave aventurera, habían traído el gozo de sus ojos y de su corazón.

Pero, ¡ay!, la nave os trae a vos también, noble rey, el áspero goce y los grandes tormentos.

Dieciocho días más tarde, convocados todos los barones, el rey Marés tomó por mujer a Isolda la Rubia. Pero al llegar la noche, Brangien, para ocultar el deshonor de la reina y salvarla de la muerte, tomó el lugar de Isolda en el lecho nupcial. En castigo por su negligencia y por amor a su amiga, ella le sacrificó la pureza de su cuerpo. La oscuridad de la noche ocultó al rey su ardid y su vergüenza.

En este punto afirman algunos narradores que Brangien no arrojó al mar el jarro de vino que los amantes no habían vaciado del todo, sino que, por la mañana, cuando su señora entró al lecho del rey Marés, Brangien escanció en una copa lo que restaba del filtro y lo ofreció a los esposos; y que Marés bebió un buen trago, en tanto que Isolda arrojó a hurtadillas su parte.

Si tal patraña urdió, fue porque no comprendía el admirable amor de Marés por su reina. Porque habéis de saber que, a pesar de sus angustias y de sus tormentos, Marés no pudo jamás desterrar de su corazón a Isolda y a Tristán. Y esto, señores, no lo produjo el vino, ni venenos, ni sortilegios: solo la noble ternura de su corazón le llevó a amar.

Isolda ya es reina y se diría que vive dichosa. Reina es ya Isolda y vive llena de tristeza. Isolda tiene la ternura del rey Marés, la honran los barones, la llevan en su corazón los siervos. Isolda pasa el día en engalanadas habitaciones cubiertas de flores. Isolda posee ricas joyas, telas de púrpura y tapices venidos de Tesalia, cantos de trovadores y bellos cortinajes, en los que también hay leopardos bordados y águilas y aves multicolores. Isolda tiene sus bellos, sus briosos amores; tiene a Tristán junto a sí día y noche, pues, según la usanza de los nobles, duerme en la cámara real con los validos y consejeros.

Sin embargo, Isolda tiembla. ¿Por qué tiembla? ¿No guarda por ventura celosamente el secreto de sus amores? ¿Quién sospecharía de Tristán, el hijo del rey? ¿Quién la ve, quién la espía, quién es el testigo? Sí, hay un testigo: Brangien. Brangien la acecha, solo Brangien sabe el secreto de su vida, Brangien la tiene a su merced. ¡Dios mío! ¡Si algún día, cansada de servir junto al lecho que ocupó primero, la denunciara al rey!

¡Y si Tristán muriera por su traición! El miedo enloquece a la reina. No, no es Brangien, la leal; es su propio corazón el que la tortura… Oíd, señores, la negra traición que urdió la reina. Dios, como veréis, se apiadó de ella; sed piadosos también vosotros.

Aquel día Tristán y el rey fueron de caza. Tristán no supo del crimen.

Isolda llamó a dos siervos y les prometió libertad y sesenta ducados de oro si juraban cumplir su voluntad, y los siervos juraron.

—Os entregaré, pues, una doncella —dijo Isolda—. La llevaréis al bosque, cerca o lejos, pero a un sitio tal, que nadie descubra nunca lo que habéis de hacer.

Allí le daréis muerte y me traeréis su lengua. Retened lo que os diga y dadme cuenta. Idos, al regreso seréis ricos y libres.

Llamó luego a Brangien y le dijo:

—Amiga, veis que mi cuerpo languidece y sufre, ¿no iríais al bosque a coger plantas que curen este mal? Aquí hay dos siervos que os conducirán adonde crecen las hierbas eficaces. Seguidlos, hermana, y oíd bien: si os mando al bosque es porque en ello me van la vida y la paz.

Ambos siervos se la llevaron consigo. Al llegar al bosque, Brangien quiso detenerse, pues vio que a su alrededor crecían en abundancia plantas medicinales. Pero los siervos la condujeron bosque adentro.

—Venid, doncella —le decían—, este no es el sitio adecuado.

Uno de los siervos iba delante de ella. Su compañero la seguía. Ya no hay sendero, solo espesos cardos y matorrales. En eso, el hombre que iba adelante se detuvo, sacó su espada y se volvió a Brangien. La doncella corrió hacia el otro siervo en demanda de ayuda, pero también este empuñaba la espada desnuda.

—Doncella —dijo-, debemos matarte.

Brangien cayó al suelo y trataba de apartar los aceros con sus brazos.

Pedía misericordia con voz tan lastimera, que los siervos le preguntaron:

—Doncella, si la reina Isolda, señora tuya y nuestra, quiere que muráis, habréis hecho una gran fechoría.

Ella repuso:

—No sé, amigo, no recuerdo tal fechoría. Cuando partimos de Irlanda, cada una de nosotras llevaba como el más preciado adorno una camisa de bodas, blanca como la nieve. Sucedió que en el viaje Isolda desgarró la suya, y para su noche de bodas le presté yo la mía. Amigo, ese es el crimen que cometí contra mi dueña. Pero, ya que ella desea mi muerte, decidle que le envío mi saludo y mi amor, que le agradezco sus bondades y todo lo que me ha honrado, desde que, siendo niña, me robaron los piratas y me vendieron como sierva a su madre. Que Dios, en su bondad, cuide de su honor, de su cuerpo y de su vida. Hermanos, matadme ahora.

Los siervos se apiadaron; deliberaron y, juzgando que tal falta no merecía la muerte, la ataron a un árbol. Mataron luego un cachorro. Uno de ellos le cortó la lengua y la guardó en el faldón de su capa. Después ambos se presentaron ante Isolda.

—¿Habló? —preguntó la reina ansiosamente.

—Sí, reina, habló. Dijo que estabais irritada por una sola falta: vos habíais desgarrado una camisa blanca como la nieve que traíais de Irlanda y ella os prestó la suya la noche de vuestra boda. Eso, dijo, era su único crimen. Os dio gracias por todos los beneficios que de vos recibió y rogó a Dios que protegiera vuestro honor y vuestra vida; os mandó su saludo y su amor. He aquí su lengua que os hemos traído.

–¡Asesinos –gritó Isolda–, devolvedme a Brangien, mi amada doncella! ¿No sabíais que era mi única amiga? ¡Asesinos, devolvédmela!

–Reina, con razón se dice: "La mujer es tornadiza, al mismo tiempo ríe y llora, ama y odia". Le hemos dado muerte, como vos lo ordenasteis.

–¿Cómo pude ordenar tal cosa? ¿Por qué crimen? ¿No era acaso mi cara compañera, buena, fiel y hermosa? Vosotros lo sabíais, asesinos; la envié a buscar hierbas salutíferas y os la confié para que la protegierais en el camino. Pero diré que la matasteis y os asarán sobre brasas.

–Reina, sabed que está viva, y os la devolveremos sana y salva.

Pero ella no les creía y lanzaba maldiciones tanto contra los asesinos como contra sí misma. Retuvo a un siervo, mientras el otro iba en busca de Brangien.

–Hermosa, el cielo se apiadó de ti. Ahora tu señora te manda volver.

Cuando apareció ante Isolda, Brangien se arrodilló y pidió perdón por sus faltas, pero también la reina cayó de rodillas ante ella, y las dos, estrechamente abrazadas, se desmayaron por largo rato.

VI
EL ALTO PINO

No a Brangien, la leal, sino a sí mismos debieran temer los amantes. Pero ¿cómo pedir prudencia a sus embriagados corazones? El amor los acosaba como impulsa la sed hacia el río al ciervo moribundo; hacía presa violentamente de ellos, como el gavilán hambriento se precipita sobre un pajarillo. ¡El amor no puede ocultarse! Sin duda, gracias a la prudencia de Brangien, nadie sorprendió nunca a la reina en brazos de su amante. Pero a cualquier hora, en cualquier lugar, ¿no ven todos el deseo que los agita, los acosa, y desborda de sus cuerpos, como el vino nuevo que chorrea de la cuba?

Ya rondan en torno a la reina los cuatro traidores que odiaban a Tristán por su valor; ya saben de sus hermosos amores. Arden de codicia, de odio y de maligno júbilo; si llevaran la noticia al rey verían la ternura trocarse en odio, a Tristán desterrado o entregado al verdugo, y a Isolda sufrir amargamente. Temían, sin embargo, la cólera de Tristán; pero al fin el odio se sobrepuso al terror. Y un día los cuatro barones pidieron audiencia al rey Marés.

–Buen rey –le dice Andret-, sin duda vuestro corazón se irritará, lo que a los cuatro esto nos duele mucho, pero debemos revelaros lo que hemos descubierto. Vos has puesto vuestro corazón en Tristán, y Tristán os deshonra. En vano os lo hemos advertido; por amor a un solo hombre habéis despreciado a vuestros parientes y a la baronía entera. Habéis de saber que Tristán es amante de la reina; es cosa probada y está en boca de todos.

Sorprendido, el noble rey repone:

–¡Cobardes, qué perfidia habéis urdido! Por cierto que he puesto mi corazón en Tristán; el día en que el Morholt os desafió, bajasteis la cabeza mudos y temblorosos, en cambio Tristán le hizo frente por la honra de esta tierra, y por cada una de sus heridas se le hubiera podido escapar el alma. Por eso lo odiáis, y por eso le amo, más que a vos Andret, más que a todos vosotros, más que a nadie. Pero decidme ¿qué pretendéis haber descubierto? ¿Qué habéis visto, qué habéis oído?

–Nada, en verdad, señor; nada que vuestros ojos no puedan ver y vuestros oídos escuchar. Observad, escuchad, buen señor, quizá aún es tiempo.

Y se retiraron, dejándolo saborear despaciosamente el veneno.

El rey Marés no pudo sacudirse del maleficio y comenzó a espiar a Isolda y a su sobrino. Pero Brangien se percató de ello y los puso en guardia. Vanamente intentó el rey probar a Isolda con sus ardides. Pronto le asqueó la vil empresa y, comprendiendo que ya no podría desterrar de sí sus sospechas, llamó a Tristán y le dijo:

—Tristán, alejaos de este castillo, y cuando estéis lejos no tengáis la osadía de franquear sus fosos y pisar sus lizas. Algunos caballeros felones os culpan de una gran traición. No me interroguéis, pues no podría dar cuenta de sus palabras sin deshonrarme a mí y a vos. No busquéis razones tranquilizadoras, porque siento que sería en vano. No creo, sin embargo, a estos traidores; si les creyera, ya os habría dado una muerte humillante. Pero sus maléficas razones me han turbado el corazón y solo vuestra partida me devolverá la calma. Marchaos, sin duda pronto os llamaré de nuevo; marchaos, hijo mío, siempre os querré.

Cuando los traidores oyeron la nueva, se dijeron: "Se marchó el mago, expulsado como ladrón. ¿Qué será de él? Sin duda cruzará el mar y ofrecerá sus desleales servicios a otro rey".

No, Tristán no tuvo el valor de partir, y cuando hubo franqueado el foso, se percató de que no podría alejarse más. No pasó de la villa de Tintagel.

Finalmente, se hospedó con Gorvenal en casa de un burgués. Allí languidecía, herido más que antes, cuando el dardo del Morholt envenenó su cuerpo. En aquel entonces, cuando yacía en la cabaña junto al mar, cuando todos rehuían el hedor de sus llagas, le asistían tres hombres: Gorvenal, Dinas de Lidan y el rey Marés. Ahora, Gorvenal y Dinas estaban junto a su lecho, pero el rey no lo acompañaba.

–Buen tío -gemía Tristán-, mi cuerpo esparce hoy el hedor de un veneno más repugnante, y vuestro amor ya no puede superar la repulsión.

Pero en el ardor de la fiebre le arrastraba sin tregua el deseo, como caballo desbocado, hacia las bien guardadas torres que celaban a la reina; caballo y caballero se estrellaban contra los pétreos muros, caían, se levantaban y emprendían de nuevo el ataque.

Tras los muros, languidece también Isolda la Rubia, más desdichada aún, pues, rodeada de extraños que la espían, se obliga a reír y finge alegría, y de noche, acostada junto al rey, debe contener la agitación de sus miembros y los febriles sobresaltos. Quiere huir a juntarse con Tristán. Sueña que se levanta y corre hasta la puerta, pero los traidores han puesto vallas a su paso, cuyos filos hieren sus delicadas rodillas. Sueña que cae y que de sus rodillas brotan dos fuentes rojas.

Si nadie los socorre, los amantes morirán pronto. ¿Y quién los ayudará, sino Brangien? Con riesgo de su vida, ella se escurre hasta la morada donde languidece Tristán. Gorvenal le abre gozoso, y ella le enseña a Tristán un ardid que puede salvarles.

No, señores, ¡nunca habréis oído una treta de amor más hermosa!

Detrás del castillo de Tintagel se extendía un hermoso vergel rodeado de una tupida empalizada. Crecían allí muchísimos árboles poblados de aves cantoras, cargados de frutas y fragantes flores. En el rincón más alejado del castillo, muy cerca de la estacada, se alzaba un pino alto y recto, cuyo robusto tronco cargaba un pesado ramaje. A sus pies brotaba una fuente de agua viva, que primero se abría en un ancho y calmo espejo ceñido de gradas marmóreas, y que luego corría por el vergel en un estrecho canal, penetrando en el castillo y atravesando el gineceo. Pues bien, cada tarde, por consejo de Brangien, Tristán cortaba trozos de corteza y ramitas, saltaba las agudas estacas y, al llegar al pino, tiraba las ramitas y las cortezas a la fuente. Estas se deslizaban ligeras como espuma hasta los aposentos de las mujeres. Isolda atisbaba su llegada, y cuando Brangien lograba alejar al rey y a los traidores, corría adonde su amigo.

Ahora acude presurosa y ágil, mirando asustada en derredor: no vaya a ser que los felones estén acechando en la espesura. Tristán la ve y se lanza con los brazos abiertos a su encuentro. La noche y la sombra amiga del alto pino los protegen.

–Tristán –dice la reina–, ¿no afirma la gente de mar que este castillo de Tintagel está encantado, que dos días al año, en invierno y en verano, se desvanece y nadie lo ve? Hoy es el día. ¿No es este el vergel de ensueño que cantan las baladas? Un muro etéreo lo ciñe en derredor, floridos árboles y tierra perfumada; allí vive el héroe en brazos de su amiga, y no pasan para él los años. Ninguna fuerza hostil puede romper el cerco ingrávido.

Ya resuenan en las torres de Tintagel las trompas de los atalayas anunciando el alba.

–No –dice Tristán–, el muro etéreo ya se ha roto y también el encanto del jardín de maravillas. Pero algún día, amiga, nos iremos juntos a la tierra Afortunada, de donde no hay retorno. Allí se levanta un castillo de mármol blanco; en cada una de sus mil ventanas arde un cirio encendido, y en cada una canta un juglar una melodía sin fin. Allí no brilla el sol, pero nadie añora sus rayos, pues es la tierra de la felicidad.

En la cúspide de los torreones de Tintagel, el alba iluminaba ya los grandes cantos sinople y azur.

Isolda recobró la alegría, las sospechas del rey Marés se disiparon. Pero los traidores se dan cuenta de que

Tristán ha visto de nuevo a la reina. Y aunque Brangien está siempre vigilante y recelosa, su espiar es vano. Finalmente, el duque Andret, ¡a quien Dios castigue!, dice a sus compañeros:

—Señores, aconsejémonos con Frocino, el enano jorobado. Este conoce las siete artes, la magia y toda suerte de encantamientos. Al nacer un niño observa con tanta ciencia los siete planetas y el curso de las estrellas, que narra de antemano los azares de su vida. Descubre las cosas secretas por el poder de Bugibús y Nuarón. Él, si lo quiere, nos mostrará los ardides de Isolda la Rubia.

Por odio al valor y a la hermosura, el maligno hombrecillo trazó los signos de brujería, echó sus suertes y ensalmos, consideró el curso de Orión y Lucifer, y dijo:

—Gozaos, nobles señores, que esta noche podréis sorprenderlos.

Lo llevaron ante el rey.

—Señor —dijo el hechicero—, mandad a vuestros monteros que apresten la jauría y ensillen los caballos. Anunciad que pasaréis siete días con sus noches batiendo el bosque y… ¡colgadme de una horca si no sabéis esta misma noche qué suerte de pláticas tiene Tristán con la reina!

Así lo hizo el rey, contra el dictado de su corazón. Al atardecer dejó a sus monteros, puso en el anca a Frocino y regresó a Tintagel. Entró al jardín por una puerta que solo él conocía. El enano lo condujo hasta el alto pino.

–Señor –dijo–, es necesario que trepéis a este árbol. Llevaos arco y flechas, pueden seros útiles. Y no chistéis; no esperaréis mucho rato.

–¡Vete, perro del Maligno! –repuso Marés.

Y el enano se fue, llevándose el caballo.

Dijo la verdad: el rey no esperó mucho. Aquella noche la luna brillaba clara y bella. Oculto en el follaje, el rey vio a su sobrino franquear las agudas estacas. Tristán llegó hasta el árbol y arrojó las ramitas al agua. Pero al inclinarse sobre la fuente, vio reflejada en el agua la imagen del rey. ¡Ay, si pudiera detener las ramitas que se escapan! Pero ya corren raudas por el vergel. Arriba, en los aposentos de las mujeres, Isolda atisba su llegada; sin duda, ya las ha visto, ya se acerca. ¡Dios proteja a los amantes!

Ya viene Isolda. Tristán, inmóvil, la ve acercarse, y en el ramaje, escucha el tris de la flecha empulgada.

Isolda aparece, ágil, y en su agilidad, prudente. "¿Qué pasa?", se pregunta. "¿Por qué Tristán no viene a mi encuentro? ¿Habrá encontrado algún traidor en su camino?" Se detiene, escruta la negra espesura; de pronto, al claror de la luna, ve también la sombra del rey en la fuente. Hace honor a la prudencia de las mujeres, pues no levanta los ojos hacia el ramaje. "Dios mío", murmura, "acordadme solo la gracia de poder hablar primero".

Sigue acercándose. Oíd cómo se adelanta a poner en guardia a su amigo:

—Señor Tristán, ¿qué osadía es esta… traerme a este lugar a estas horas? Muchas veces me habéis pedido esta merced. Heme aquí; vine porque no olvido que a vos os debo el ser reina. ¿Qué queréis de mí?

—Reina, hacedme la merced de reconciliarme con el rey.

Isolda llora y tiembla. Pero Tristán bendice a Dios por haberle mostrado el peligro a su amiga.

—Sí, reina, os lo he solicitado larga y vanamente. Desde que el rey me desterró, nunca os habéis dignado responder a mi llamado… Doleos, pues, del infeliz que os suplica. El rey me odia y no sé por qué; pero tal vez vos lo sabéis. ¿Y quién, sino vos, reina sincera, cortés Isolda, en la que su corazón descansa, podría calmar su cólera?

—¿Ignoráis acaso, señor Tristán, que el rey sospecha de nosotros? ¡Y qué traición sospecha! ¿Debo ser yo, para mayor vergüenza, quien os lo diga? Cree mi señor que os amo con amor culpable. Dios sabe, sin embargo, que nunca he dado mi amor a otro hombre, sino al que virgen me tomó en sus brazos. ¡El Señor me condene si miento! Y con todo, queréis que implore al rey vuestro perdón… Si llega a saber que he estado con vos, esparcirá mis cenizas al viento.

—Buen tío —gimió Tristán—, dice el refrán: "No es vil el que no obra villanía". Pero, ¿en qué corazón pudo nacer tal sospecha?

—¿Qué insinuáis, señor Tristán? No, de suyo, el rey jamás hubiera imaginado tal vileza. Son los traidores quienes lo han hecho creer esta patraña; es fácil engañar a un corazón leal. Se aman —le dijeron—, y han transformado su amor en crimen. Me amáis, Tristán. ¿Por qué negarlo? ¿No soy acaso la mujer de vuestro tío? ¿No os salvé dos veces de la muerte? Yo os pago con amor, porque sois del linaje de mi esposo, y mi madre decía que una mujer que no ama a la familia de su señor, no lo ama. Os amo por amor al rey, Tristán. Aun ahora, si os devolviera su favor, me alegraría. Pero tiemblo, tengo miedo. Me voy, ya que me detuve demasiado.

Desde el ramaje de donde los espiaba, el rey sonrió con dulzura.

Isolda parte, pero Tristán la llama:

—Reina, por nuestro Salvador, socorredme. ¡Hacedlo por caridad! Los cobardes quieren apartar del rey a todos los que lo aman; lo han logrado y se burlan de él. Sea; me iré de este país, me iré muy lejos, mísero, tal como llegué hasta aquí. Pero, a fin de que pueda alejarme sin vergüenza, decidle al rey que, en reconocimiento de pasados servicios, me dé lo suyo para atender a mis expensas y redimir armas y montura.

—No, Tristán, no deberíais hacerme esa petición. Estoy sola en este país y en este castillo, donde nadie me ama. Estoy a merced del rey. Si digo una sola palabra en vuestro favor, me expongo a la muerte afrentosa. Dios os proteja, amigo. El rey os odia, pero dondequiera que vayáis el Señor será vuestro amigo fiel.

Isolda huye a su cámara, donde Brangien la recibe en los brazos, temblando. La reina le cuenta la aventura. Brangien exclama:

—¡Isolda, mi señora, Dios ha obrado un gran prodigio para vos! Es padre comprensivo y no quiere el mal para los que sabe inocentes.

Bajo el alto pino, apoyado en la gradería de mármol, Tristán se lamenta:

—¡Dios se apiade de mí y repare la gran injusticia que sufro por mi señor!

Cuando hubo franqueado la estacada, el rey le habló, sonriendo:

—Buen sobrino, ¡bendito sea este instante! Te aprestabas al alba para un largo viaje: ya has llegado a su término.

Muy lejos, en un claro del bosque, el enano Frocino interrogaba el curso de las estrellas. Vio escrito que el rey lo amenazaba de muerte, se hinchó de rabia y huyó rápidamente al país de Gales.

VII
EL ENANO FROCINO

El rey Marés hizo las paces con Tristán. Le permitió regresar al castillo, y Tristán duerme nuevamente en la cámara real, junto a los consejeros y validos. Entra y sale a su antojo, el rey ya no se cuida de él. Pero, ¿quién puede mantener por mucho tiempo el secreto de sus amores? ¡Ay, el amor no puede ocultarse!

Marés había perdonado a los traidores, y cuando el senescal Dinas de Lidan encontró un día, en un lejano bosque, errante y mísero, al enano jorobado, lo llevó ante el rey, quien lo perdonó.

Pero la bondad solo atizó el odio de los barones. Habiendo sorprendido estos nuevamente a Tristán con la reina, se aliaron bajo este juramento: si el rey no desterraba a su sobrino, se retirarían a sus castillos para hacerle la guerra. Llamaron al rey a parlamento.

—Señor —le dijeron—, a vuestro arbitrio está el amarnos u odiarnos, pero queremos que desterréis a Tristán. Ama a la reina y… soporte esto quien lo quiera, nosotros ya no lo sufrimos.

El rey escucha, inclina la frente y calla.

—No, rey, no lo toleramos más, pues sabemos que esto ya no os sorprende; vos aceptáis su crimen. ¿Qué haréis? Deliberad y aconsejaos. En cuanto a nosotros, si no lo alejáis para siempre y sin retorno, nos retiraremos a nuestras tierras con todos nuestros vecinos, pues no podemos tolerar que permanezcan aquí. Esta es la alternativa que os planteamos. Escoged, pues.

—Señores, antes creí en las feas cosas que decíais de Tristán, y me arrepiento de ellas. Pero vosotros sois mis vasallos feudales, y no quiero perder el servicio de mis hombres. Aconsejadme, os conmino a que lo hagáis. Sabéis bien que le huyo a la arrogancia y a la desmesura.

—Mandad llamar al enano Frocino; desconfiáis de él por la aventura del vergel. Pero, ¿no leyó acaso en las estrellas que esa tarde la reina estaría bajo el pino? Sabe muchas cosas, oíd su consejo.

Y acudió el maldito jorobado, y Denaolen lo besó en ambas mejillas. Escuchad la estratagema que enseñó al rey:

—Señor, ordenad a tu sobrino que mañana, al despuntar el alba, galope hasta Carduel, llevando al rey

Arturo un breve pergamino, bien sellado. Rey, Tristán duerme junto a vuestro lecho, y os lo juro por Dios y por la ley de Roma, que si ama a Isolda locamente querrá hablarle antes de partir. Pero si la ve sin que vos y yo lo sepamos, matadme. Por lo demás, dejadme llevar las cosas a mi manera; guardaos solo de hablar a Tristán del mensaje antes de la hora de acostarte.

—Sí —repuso Marés—, que así se haga.

Entonces el enano perpetró una odiosa felonía: compró a un panadero cuatro denarios de harina, que escondió entre sus ropas. Llegada la noche, cuando el rey hubo cenado y ya estaban los hombres durmiendo en la vasta sala vecina a su aposento, apareció Tristán, como de costumbre, a asistir al rey en su alcoba.

—Buen sobrino —le dijo el rey—, deseo que cabalguéis hasta la corte del rey Arturo en Carduel y le entreguéis esta misiva. Saludadle de mi parte, pero no os quedéis más de un día junto a él.

—Mañana llevaré la misiva, señor.

—Sí, mañana, antes de que amanezca.

Tristán se pone muy nervioso. Desde su lecho hasta la alcoba del rey hay el largo de una lanza. Se apodera de él un deseo furioso de estar con la reina, y promete en su corazón que al despuntar el día, si el rey aún duerme, se acercará a ella.

¡Gran Dios, qué insensata idea!

El enano reposaba en la cámara del rey; cuando creyó que todos dormían, se levantó y esparció harina entre el lecho de Tristán y el de la reina. Si uno de los amantes iba en busca del otro, la harina guardaría la huella de sus pasos. Pero cuando estaba entregado a su tarea, lo vio Tristán, que velaba. "¿Qué significa esto? –se dijo–. No es por mi bien que hace esto el enano. Pero lo burlaré. Solo un loco se dejaría atrapar en esta trampa".

A medianoche el rey salió en compañía del enano. La cámara estaba en tinieblas, ninguna luz brillaba. Tristán se incorporó en su lecho. Juntó los pies, calculó la distancia, saltó y cayó en el lecho de la reina. Pero, ¡qué desgracia! La víspera, un jabalí le había mal herido una pierna, y la herida no estaba vendada. Con el esfuerzo del salto, se abrió y sangró. Tristán no vio la sangre que mancha las sábanas.

Afuera, a la luz de la luna, el enano supo por sus sortilegios que los amantes estaban reunidos. Estremecido de júbilo, le dijo al rey:

–Ve, y si ahora no los sorprendéis juntos, hacedme colgar.

El enano y los cuatro traidores se encaminan a la cámara del rey.

Pero Tristán los oye, se incorpora, salta y vuelve a su lecho.

La sangre, sin embargo, ha caído, al pasar, sobre la harina.

Entra el rey con los traidores, y tras él el enano con una luz.

Tristán e Isolda fingen dormir. Solo Perinis los acompaña, durmiendo profundamente a los pies del lecho de Tristán. El rey ve sobre su lecho las sábanas enrojecidas, y en el suelo, la harina empapada en sangre.

Entonces los cuatro barones, que odiaban a Tristán por su valor, lo sujetan en su lecho y amenazan a la reina, y burlándose de ella le prometen un merecido castigo.

Al descubrir la sangrante herida de Tristán, el rey grita:

—Tristán, no valen ahora desmentidos: mañana moriréis.

Tristán exclama:

—¡Perdonadme, señor! ¡En nombre del Dios que sufrió la Pasión, tened piedad de nosotros, señor!

—¡Vengaos, señor! —le gritan los traidores.

—Amado tío, no os suplico por mí, ¿qué me importa morir? Si no fuera por el temor de ofenderos, haría pagar cara su afrenta a estos cobardes, que sin vuestro amparo no habrían osado poner mano sobre mí. Pero por amor y respeto a mi rey, me entrego a vuestra merced, haced de mí lo que queráis. ¡Heme aquí, señor, pero apiadaos de la reina!

Y se inclina y se humilla a los pies del rey.

—¡Piedad para la reina! Porque si alguno de los vuestros se atreve a sostener que la amé con amor culpable, nos veremos cara a cara en la liza.

Pero los cuatro barones lo maniataron, haciendo lo mismo con la reina.

Si Tristán hubiera sabido que no podría demostrar su inocencia en singular combate, no se habría dejado maniatar como un villano. Pero confiaba en Dios y sabía que nadie se atrevería a usar sus armas contra él.

Y, por cierto, su confianza en Dios era legítima. Cuando juraba que nunca había amado a la reina con amor culpable, los barones reían de su insolente impostura. Pero apelo a vosotros, señores, a vosotros que sabéis la verdad sobre el filtro bebido en alta mar, decidme: ¿mentía Tristán? La justicia y no el acto prueban el crimen. El acto lo ven los hombres, pero Dios ve dentro del corazón, y Él es el único juez verdadero. Instituyó que todo acusado puede sostener su derecho en ordalía, y Él asiste al inocente. Por eso Tristán reclamaba justicia y ordalía y cuidó de no faltar al rey en nada. Si hubiera, sin embargo, previsto lo que iba a venir, habría dado muerte a los traidores. ¡Ay, Dios, que mal que no les haya dado muerte!

VIII
EL SALTO DE LA CAPILLA

Durante la noche oscura la nueva se expande por la villa. "Apresaron a Tristán e Isolda, el rey quiere matarlos". Todos lloran, los ricos burgueses y los villanos.

"¡Ay, muchos debemos llorar! ¿Os llevarán a la muerte, Tristán, barón de pro, por tan odiosa traición? Y vos, leal reina, reina de mucha honra, ¿qué tierra ha visto jamás una hija de rey tan bella, tan querida?"

"¿Es esta, pues, enano corcovado, la obra de vuestros maleficios? No vea la paz de Dios quien, encontrándote, no te hunda el acero en el cuerpo".

"Tristán, hermoso, caro amigo, cuando el Morholt vino a arrebatarnos a nuestros hijos y puso pie en esta ribera, ni uno solo de nuestros barones se atrevió a levantar sus armas contra él. En cambio vos, Tristán, combatisteis por todos nosotros, gente de Cornualles, y disteis muerte al Morholt, quien con su dardo os infligió una herida que os llevó casi a la muerte. Con estos recuerdos aún frescos, ¿cómo podríamos consentir ahora en que se os dé muerte?"

Quejas y ayes se levantan en toda la villa; corren a palacio. Pero, es tal la cólera del rey, que ningún barón, por osado y fiero que sea, arriesga una palabra para aplacarla.

Ya llega el día y se va la noche. Aún no ha salido el sol cuando ya Marés, en los extramuros, se encamina al lugar donde hace justicia y concede audiencias. Manda cavar una fosa y amontonar en ella zarzas y sarmientos.

A la hora prima, manda vocear un bando convocando con urgencia a los hombres de Cornualles. Estos se congregan con gran alboroto. Todos lloran, menos el enano de Tintagel. Habla el rey:

—Señores, hice levantar esta hoguera para Tristán e Isolda, porque delinquieron.

Pero todos gritan:

—¡Que se los juzque, rey! ¡Que haya un juicio y sentencia! ¡Matarles sin juicio es un crimen vergonzoso! ¡Que se les conceda un plazo de gracia!

Marés repuso colérico:

—No; ni plazo de gracia ni juicio ni sentencia. Por el Señor que creó el mundo, quienquiera que se atreva a pedir tal cosa, arderá primero en esta pira.

Ordena encender el fuego e ir primero en busca de Tristán.

La fogata arde, todos callan, el rey espera. Los guardias corren a la cámara donde están los amantes estrechamente custodiados. Arrastran a Tristán por la cuerda que liga sus manos. ¡Dios, qué bellaquería tan grande arrastrarlo así! Tristán llora por la afrenta. Pero, ¿de qué le sirven las lágrimas? Lo llevan con afrenta; la reina grita, casi loca de angustia:

—¡Morir, amigo, por veros salvo, sería un gran gozo para mí!

Los guardias y Tristán bajan por los extramuros hacia la hoguera. De pronto los alcanza un jinete a galope tendido, que desmonta sin detenerse. Es Dinas, el buen senescal. Al oír las nuevas, había partido de prisa de su castillo de Lidan. La sangre y el sudor corrían por los ijares de su caballo.

—Hijo, corro a la audiencia real. Quizá Dios me inspire una idea salvadora; ya me permita haceros una pequeña merced. Amigos —dice en seguida a los guardias—, quiero que lo llevéis con las manos libres —y corta entonces las afrentosas cuerdas. —Si él desea huir, ¿no tenéis acaso vuestras espadas?

Besa a Tristán en la boca, monta en su caballo y se aleja rápidamente.

Oíd cómo el Señor Dios es misericordioso. Él, que no quiere la muerte del pecador, recibió de buen grado el lamento de las pobres gentes que suplicaban piedad para con los amantes torturados.

Cerca del camino por donde iba Tristán, en la cima de una peña y de cara al viento, se alzaba sobre el mar una capilla. El muro de su testera caía a ras de un escarpado precipicio. En el ábside, mirando al abismo, había un rosetón con un vitral, obra maestra de un santo.

Tristán dijo a sus guardianes:

–Señores, ved esta capilla; permitidme entrar en ella. Mi muerte está cercana, rogaré a Dios que se apiade de mí, que tanto lo he ofendido. Sabéis bien que solo puedo salir por esta puerta, y cuando termine de rezar me entregaré a vosotros.

–Bien –dijo uno de los guardias-, podemos permi-tíroslo.

Lo dejaron entrar. Tristán cruzó la capilla, atravesó el coro, llegó hasta el vitral del rosetón del ábside, lo abrió y se arrojó al abismo. Antes morir en la caída que en la hoguera frente a la plebe.

Pero sabed, señores, que Dios le hizo gran merced. El viento alzó e infló las vestiduras de Tristán y lo depositó al pie del acantilado. La gente de Cornualles aún llama a esa peña El salto de Tristán.

Los guardias continuaban esperándole frente a la iglesia. En balde lo hacían, pues Dios era ahora su guardián. Tristán huye; la arena movediza cruje a su paso. Cae, se da vuelta, ve a lo lejos la hoguera, las llamas chisporroteantes, la humareda. Huye.

La espada al cinto, a rienda suelta, Gorvenal se fuga de la villa. El rey lo habría hecho quemar en lugar de su señor. Se reúne con Tristán en la playa.

—¡Maestro! —exclamó Tristán-, Dios ha sido justo conmigo. Pero, ¿de qué me sirve? Sin Isolda nada vale para mí. ¡Es mejor que hubiera muerto en la caída! Por mí, Isolda, van a echaros a la hoguera; moriré yo también por ti.

Gorvenal le dijo:

—Tranquilizaos, buen señor, no os dejéis aconsejar por vuestro dolor. Ved aquel frondoso arbusto cercado por una ancha fosa: escondámonos allí. Por este camino pasa mucha gente y nos dará noticias. Si queman a Isolda, juro por Dios, hijo de María, no dormir bajo techo hasta vengarla.

—Buen maestro, no tengo aquí mi espada.

—Hela aquí, os la he traído.

—Bien, maestro. Ahora a nadie temo, salvo a Dios.

—Hijo, tengo aquí otra cosa para que os alegréis: esta cota de mallas, fuerte y ligera, que os será útil.

—Dádmela, buen maestro. Por el Dios de mi fe, me voy ahora a liberar a Isolda.

—No, no os apresuréis —pidió Gorvenal—. Dios os reserva sin duda una venganza más segura. Considerad que no podéis acercaros a la pira, la rodean burgueses temerosos del rey. Alguno, aunque quisiera veros libre, puede ser el primero en heriros. Hijo, bien se dice: "Locura no es valor". Esperad.

Ahora bien, cuando Tristán se precipitó al abismo, un pobre hombre de la plebe lo vio levantarse y huir. Corrió a Tintagel y se escurrió hasta el aposento de Isolda.

—Reina —le dijo—, no lloréis más. Vuestro amigo se fugó.

—¡A Dios sean dadas las gracias! —exclamó la reina—. ¡Pueden ahora atarme o desatarme, perdonarme o darme muerte, eso ya no me importa!

Los traidores le habían amarrado tan cruelmente las muñecas, que la sangre corría. Pero ella dijo sonriente:

—¡A fe mía, nada valgo si lloro, por qué sufro, cuando Dios, en su bondad, arrancó a mi amigo de manos traidoras!

Cuando el rey supo que Tristán se había fugado por el vitral del rosetón, palideció de cólera y ordenó a sus hombres que le trajeran a Isolda.

La arrastran fuera; aparece en el umbral, tiende sus delicadas manos tintas en sangre. Se levanta un clamor:

—¡Dios mío, apiadaos de ella! ¡Reina leal, noble reina, cuánto dolor nos han procurado los que os entregaron! ¡Malditos sean!

Llevan a la reina hasta la hoguera. Entonces Dinas, señor de Lidan, cae de rodillas a los pies del rey:

—Señor, escuchadme. Mi vida entera os he servido, sin villanías, con lealtad, sin ganar con ello nada, pues no hay pobre, huérfano ni anciana que me diera un denario por tu senescalía. En recompensa, concededme el perdón para la reina. Queréis condenarla sin juicio, y eso es un crimen, pues ella no reconoce la falta de que la acusan. Pensad, además, en esto: si quemáis su hermoso cuerpo, no habrá ya seguridad en esta tierra. Tristán se ha fugado, conoce bien las llanuras, los bosques, pasos y vados, y es osado. Por cierto, a vos, su tío, no os hostilizará. Pero a cualquier barón que sorprenda, le dará muerte.

Los cuatro traidores palidecen: ya ven a Tristán emboscado, acechándolos.

—Rey —continúa el senescal—, si es cierto que os he servido bien toda mi vida, entregadme a Isolda; responderé de ella como guardián y garante vuestro.

Pero el rey cogió a Dinas de la mano y juró por los santos que haría inmediata justicia. Se levantó entonces Dinas y dijo:

—Rey, vuelvo a Lidan y renuncio a vuestro servicio.

Isolda le sonríe tristemente. Dinas monta en su caballo y se aleja, confuso y desanimado, con la frente baja.

Isolda está de pie frente a la hoguera. La muchedumbre en derredor grita, maldice al rey, maldice a los traidores. Las lágrimas corren por el rostro de Isolda. Lleva ceñido un jubón gris, y un hilo de oro recorre el jubón. Un hilo de oro trenza sus cabellos, que le caen hasta el suelo. Quien la viera tan bella y no se apiadara, tendría un corazón ruin. Dios mío, y cómo le agarrotaron los brazos.

En eso aparecieron cien leprosos deformes, de rostros carcomidos y blancuzcos, haciendo sonar sus matracas, y se agolparon rengueando sobre sus muletas, alrededor de la hoguera. Con los párpados hinchados y los ojos sanguinolentos gozaban del espectáculo.

Yvain, el más repugnante de los enfermos, gritó al rey con voz penetrante:

—Señor, ¿queréis arrojar a la reina a la hoguera? Es un buen castigo, por cierto, pero es muy breve. Pronto el fuego la consumirá y el viento dispersará sus cenizas. Y cuando este hermoso fuego se extinga, habrá terminado el castigo. ¿Queréis que os enseñe un castigo peor, que sufra en vida, con humillación y deseando morir a cada instante? ¿Lo queréis?

Repuso el rey:

—Sí, porque la muerte es una vida deshonrosa. Tendré más cerca de mi corazón a quien me enseñe tal castigo.

—Señor, os expondré brevemente mi plan. Mirad, aquí estoy yo con cien de los míos, ¡dadnos a Isolda para que la poseamos en común! La lepra nos atiza el deseo. Entregadnos a Isolda; nunca una dama tendrá un fin peor. Mirad cómo se nos pegan los harapos a las llegas purulentas. Ella, que junto a vos hallaba placer en ricas telas, en salas cubiertas de mármol; ella, que gustaba de vinos, de honores y fiestas, cuando venga a la corte de los leprosos, cuando deba entrar en nuestros cuchitriles y yacer con nosotros, entonces Isolda la Bella, la Rubia, reconocerá su falta y añorará esta hermosa fogata de zarzas.

El rey lo escucha, se levanta y permanece inmóvil largo rato. Corre finalmente hacia la reina y la coge de la mano.

–¡Piedad, señor –grita Isolda-, quemadme; prefiero la hoguera!

El rey la entrega. Yvain la agarra y los cien leprosos se agolpan en torno a ella. Los oye chillar y gañir. Todos los corazones se deshacen de compasión, pero Yvain está gozoso.

Isolda e Yvain se alejan y el espantable cortejo sale de la villa. Toman el camino junto al cual está emboscado Tristán. Gorvenal da un grito:

–¡Hijo mío, qué haréis, he aquí a tu amiga!

Tristán espolea su caballo fuera de la espesura y le grita a Yvain:

–¡Ya has estado junto a ella; dejadla ahora si queréis vivir!

Pero Yvain arroja su capa y grita:

—¡Hala, compañeros! ¡Manos a bastones y muletas! ¡Mostrad vuestro valor!

Daba espanto ver a los leprosos arrojar sus capas, plantarse sobre sus llagados pies, resoplar, gruñir y blandir sus muletas, amenazantes y chillones.

A Tristán le repugnaba herirlos. Algunos narradores pretenden que Tristán dio muerte a Yvain. Esto es una villanía: era demasiado noble para matar a gente como esa. Fue Gorvenal quien arrancó un retoño de encina y lo descargó sobre el cráneo de Yvain; la sangre negra corrió hasta los pies deformes.

Tristán rescató a la reina, que ya no sentía dolor alguno. Le cortó las ataduras y se internaron en el bosque de Morois. Allí, en la inmensa foresta, Tristán se sentía tan seguro como tras los muros de una fortaleza.

Al declinar el sol, se detuvieron al pie de un monte. El miedo sufrido había agotado a la reina, que posó su cabeza sobre el hombro de Tristán y se durmió.

Al amanecer, Gorvenal robó a un guardabosque su arco y dos flechas bien arpadas y empendoladas, y se las dio a Tristán, que mató un venado.

Gorvenal juntó ramas secas, sacó chispas del pedernal con el eslabón, y encendió una buena fogata para asar la pieza.

Tristán cortó ramas, construyó una choza y la cubrió de follaje. Isolda la tapizó de hierbas mullidas y en lo más recóndito del bosque comenzó para los fugitivos la vida áspera y, con todo, amada.

IX
EL BOSQUE DE MOROIS

En lo más oculto de la foresta virgen, Tristán e Isolda vagan jadeantes, como bestias acosadas. Rara vez se atreven a ocupar en la noche la guarida de la víspera; solo comen carne de animales salvajes y echan de menos el sabor de la sal. Palidecen sus rostros enflaquecidos, se desgarran en las zarzas sus vestiduras. Se aman, no sufren.

Un día, recorriendo el bosque, llegan por azar a la ermita de Fray Ogrino. Al claror del sol, por un bosquecillo de arces cercano a su ermita, el anciano caminaba a pasos cortos, apoyado en su báculo.

–Señor Tristán –exclamó al verlo–, oíd el gran juramento que han prestado los señores de Cornualles. El rey ha hecho proclamar un bando en todas las parroquias. Quien se apodere de vos, recibirá en recompensa cien marcos de oro. Todos los barones juraron entregaros vivo o muerto. Arrepentíos, Tristán. Dios perdona al pecador movido a compasión.

—¿Arrepentirme, señor Ogrino? ¿Y de qué crimen? Vos que juzgáis, ¿sabéis qué poción bebimos en la nave? El licor nos embriaga, y prefiero mendigar toda mi vida por los caminos y alimentarme de hierbas y raíces junto a Isolda, que ser rey sin ella de un hermoso reino.

—Señor Tristán, que Dios os valga, pues habéis perdido este mundo y el otro. Quien traiciona a su señor debe ser descuartizado por caballos y quemado en la hoguera. Donde caigan sus cenizas no crecerá la hierba ni prosperará cultivo alguno, morirán los árboles y todo lo verde. ¡Tristán, devolved a la reina a quien se desposó con ella, según la ley de Roma!

—Ya no es suya; él la entregó a los leprosos y a ellos se la arranqué. Ahora es mía, y no puedo separarme de ella, ni ella de mí.

Ogrino se sentó. Isolda lloraba, con la cabeza sobre las rodillas de aquel hombre que padecía por Dios. El ermitaño le repetía las santas palabras de la Biblia; pero ella, inconsolable, meneaba la cabeza y se negaba a creerle.

—¡Ay de mí! —dijo Ogrino—. ¿Qué consuelo puedo ofrecer a dos muertos? Arrepentíos, Tristán, mirad que el que vive en pecado sin contrición ya está muerto.

—No; estoy vivo y no me arrepiento —repuso Tristán-. Continuaremos en el bosque que nos oculta. ¡Ven, Isolda, amiga!

Isolda se levantó, y tomados de la mano se internaron en la espesura. El ramaje se cerró tras ellos y se perdieron entre los árboles.

Escuchad ahora, señores, una hermosa aventura.

Tristán había criado un perro; un hermoso sabueso, vivaz, alerta y gran corredor. Ni condes ni reyes tenían uno semejante para cazar con arco. Le llamaba Husdent.

Al faltar Tristán, tuvieron que encerrarlo en la torre, con una cadena en el cuello. Desde que no veía a su amo, rehusaba comer, arañaba el suelo con las patas, gañía y lloraban sus ojos. Muchos se compadecieron de él.

—Husdent —decían—, ningún animal sabe amar como tú. Sabia es la palabra de Salomón: "Mi amigo fiel es mi perro".

Y el rey Marés, recordando los tiempos idos, pensaba en su corazón: "Gran juicio demuestra este perro al llorar así a su amo, pues ¿hay otro como Tristán de Cornualles?"

Acudieron al rey tres barones:

—Señor —le dijeron, haced soltar a Husdent. Si este sufre por la ausencia de su amo, lo veréis, apenas suelto, con el hocico abierto y colgándole la lengua, perseguir a gente y animales.

Lo sueltan. Husdent franquea la puerta de un salto y corre al aposento que fue de Tristán. Gruñe, gime, busca y descubre al fin la huella del amo.

Paso a paso recorre el camino de Tristán hacia la hoguera. Todos lo siguen. Da un claro ladrido y trepa al acantilado. Llega a la capilla, trepa al altar y, de pronto, se arroja por el vitral y cae al pie de la peña. Encuentra la pista en la arena, se detiene un instante en el bosquecillo que fue escondite de Tristán, y sigue camino hacia el bosque. Nadie, al verlo, deja de apiadarse de él.

–Buen rey –dijeron los caballeros–, no lo sigamos: podría ir a un sitio tal, que sería difícil volver.

Lo dejaron y desanduvieron el camino.

Ya en el bosque, Husdent atrona la foresta con sus ladridos. De lejos, Tristán, la reina y Gorvenal lo escuchan: "¡Es Husdent!"

Se asustan. ¡Sin duda, el rey los persigue, los acosa con jaurías, como a fieras…! Se ocultan en unos matorrales. En la linde, tenso el arco, Tristán vigila. Pero al conocer Husdent a su señor, salta hacia él moviendo la cola, arqueando el lomo y revolcándose en círculo. ¿Quién vio jamás tal goce? Luego se acerca a Isolda, la Rubia, y a Gorvenal, y le hace fiestas también al caballo de este.

–Qué mala suerte que nos haya encontrado –dice Tristán–. ¿Qué puede hacer un hombre perseguido, con este perro que no se está quieto? Por bosques y llanuras, por todas sus tierras, el rey nos acosa. Husdent nos delatará con sus ladridos. ¡Su amor y su noble naturaleza lo conducirán a la muerte, pues debemos cuidar de nosotros! ¿Qué hacer? Aconsejadme".

Isolda acarició a Husdent y dijo:

–Señor, ¡apiadaos de él! He oído hablar de un guardabosques galés que había enseñado a su perro a seguir, sin ladrar, el rastro del ciervo herido. Amigo, sería bueno que, dándonos un poco de maña, lográramos adiestrar así a Husdent.

Tristán reflexionó un instante, mientras el perro lamía las manos de Isolda. Y al fin dijo, movido de piedad:

–Lo intentaré. Es demasiado duro para mí darle muerte.

Tristán va de caza, ojea un cervatillo y lo hiere de un flechazo. Ahí va el sabueso a rastrear la presa, ladra tan fuerte, que atruena el bosque. Tristán lo hace callar de un manotón. Husdent levanta los ojos hacia el amo; está perplejo, ya no osa ladrar y deja la pista. Tristán lo pone entre sus rodillas, se golpea luego la bota con una varilla de castaño, como lo hacen los cazadores para azuzar al sabueso. A esta señal, Husdent se pone a ladrar de nuevo y Tristán lo corrige. Y así adiestrándolo, apenas en un mes le enseñó la caza silenciosa. Cuando su flecha hería un corzo o un cervatillo, Husdent, sin un ladrido, seguía la pista sobre la hierba, sobre el hielo o sobre la nieve. Si hallaba la pieza en el bosque, sabía marcar el sitio con ramas; si ocurría fuera de la foresta, cubría al animal caído con hierbas y se encaminaba en silencio en busca del amo.

Se fue el verano y llegó el invierno. Los amantes lo pasan agazapados en la oquedad de una peña; y sobre la tierra endurecida por el frío, las agujas de hielo cubren su lecho de hojas muertas. Gracias a su amor, ninguno de ellos se percata de su miseria.

Cuando volvió el buen tiempo, levantaron de nuevo su choza de ramas reverdecidas. Tristán sabía desde niño el arte de imitar el canto de los pájaros silvestres. Le gustaba imitar al paro, al mirlo, al ruiseñor y a la oropéndola. A su reclamo venían numerosos pájaros a posarse sobre el techo de la choza y, al claror del sol, lanzaban, henchiendo las gargantas, sus gorjeos.

Ya no huían los amantes por el bosque, errando sin cesar, pues ninguno de los barones osaba perseguirlos, sabiendo que Tristán los habría colgado de un árbol.

Sin embargo un día, uno de los cuatro traidores, Guenelon, ¡a quien Dios maldiga!, llevado del ardor de la caza, osó acercarse hasta la linde del bosque de Morois. Aquella mañana, cerca del bosque, en una quebrada, Gorvenal desensilló su caballo y lo dejó pastar la hierba tierna. Lejos, en la alcoba de ramas, sobre la florida estera, dormían Tristán y la reina, estrechamente abrazados.

De pronto, Gorvenal escuchó el ruido de una cacería. Los perros perseguían a un ciervo; el animal se lanzó a la quebrada. Cerca, en el páramo, apareció un cazador. Gorvenal lo reconoció: era Guenelon, el hombre a quien su señor más odiaba.

Galopaba solo, sin escudero, la espuela clavada en el ijar sangrante de su caballo y azotándole el pescuezo.

Escondido tras de un árbol, Gorvenal lo acecha; viene muy rápido. Pasa. Gorvenal salta de su escondite, coge las riendas, y al recordar todo el mal que aquel hombre había hecho, lo arroja a tierra, lo descuartiza y se aleja llevándose su cabeza.

En la alcoba de follaje, sobre la florida estera, Tristán y la reina continuaban durmiendo estrechamente abrazados.

Gorvenal se acerca calladamente a ellos, con la cabeza del muerto en una mano.

Los cazadores, por su parte, al encontrar bajo el árbol el tronco sin cabeza de Guenelon, huyeron despavoridos, como si Tristán los persiguiera. Ya no volverán a cazar en aquel bosque.

Para que el corazón de su señor se alegrara al despertar, Gorvenal colgó por los cabellos la cabeza al techo de la choza. El espeso ramaje le hacía una guirnalda. Tristán despertó y vio semioculta en el follaje la cabeza que lo miraba. Reconoce a Guenelón y se pone de pie, asustado. Pero su maestro le grita:

—¡Tranquilizaos, está muerto! Yo lo maté con mi espada: era tu enemigo, hijo mío.

Y se regocijó Tristán. Guenelon, a quien odiaba, estaba muerto.

Ya nadie se atrevió a entrar en el bosque virgen. El terror vigilaba su entrada y los amantes eran amos y señores de la foresta. Tristán, además, creó el arco Yerranunca, que daba siempre en el blanco, fuera este hombre o animal.

Sucedió, señores, en un día de verano, en tiempo de cosecha, algo después de Pentecostés. Los pájaros cantan la cercanía del alba cuando Tristán sale de su cabaña, se pone la espada al cinto, apresta el arco Yerranunca y se encamina solo a batir el bosque. Antes de que caiga la tarde, le sobrevendrá una gran desgracia. ¡No, jamás se amaron tanto dos amantes, y tan duramente lo expiaron!

Al volver Tristán de caza, agotado por el calor abrumador, tomó a la reina en sus brazos.

—Amigo —dijo Isolda—, ¿dónde has estado?

—¡Siguiendo a un ciervo, que me ha dejado exhausto. Mira, el sudor correr por mi cuerpo; quisiera acostarme y dormir.

En la choza de verdes ramas, tapizada de hierbas frescas, se acuesta primero Isolda. Tristán se tiende a su lado y coloca la espada desnuda entre sus cuerpos. Por suerte están vestidos. La reina lleva el anillo de oro adornado de esmeraldas que Marés le había dado el día de sus esponsales; tan delgados están sus dedos, que el anillo apenas se sujeta en uno de ellos. Duermen, pues, Tristán con un brazo bajo el cuello de su amiga, y el otro ciñéndole el hermoso cuerpo, sin que sus labios se toquen. La brisa no sopla, no tiembla una hoja. A través del techo de ramas cae un rayo de sol sobre el rostro de Isolda, que brilla como la nieve.

Un guardabosque halló en la foresta un lugar donde la hierba había sido pisoteada; la víspera habían dormido allí los amantes. El guardabosque siguió la pista y llegó al escondite de los fugitivos. Los vio durmiendo, los reconoció y huyó, temiendo el terrible despertar de Tristán. Corrió hasta Tintagel, a dos leguas de allí, subió a la sala de audiencias y encontró al rey con sus vasallos.

—¿Amigo, qué venís a buscar aquí, sin aliento, como cazador que ha batido largo rato el bosque? ¿También deseáis justicia por algún entuerto? ¿Os ha expulsado alguien de mi bosque?

El guardabosque lo llamó aparte y muy quedo le dijo:

—He visto a la reina y a Tristán. Estaban durmiendo, tuve miedo.

—¿En qué sitio?

—En una choza en el bosque de Morois. Duermen uno en los brazos del otro. Venid pronto, si deseáis tomar venganza.

—Ve a esperarme a la entrada del bosque, al pie de la cruz roja. No habléis a nadie de lo que habéis visto. Yo os daré todo el oro y plata que deseéis.

El guardabosque se encamina a sentarse junto a la cruz roja. ¡Maldito sea el espía!

Pero su muerte será humillante, como esta historia os lo dirá más adelante.

El rey hizo ensillar su caballo, se ciñó la espada, y sin escolta salió a extramuros.

Mientras cabalgaba solo, recordó la noche en que sorprendió a su sobrino con la reina. ¡Cuánta ternura demostraba por Tristán Isolda la Bella, la del claro rostro! Si logra sorprenderlos, castigará su gran pecado, se vengará de los que le han deshonrado.

Junto a la cruz roja encontró al guardabosque.

—Ve adelante —le ordenó—. Conducidme derecha y rápidamente.

La negra sombra de los grandes árboles los envuelve. El rey sigue al espía. Se fía en su espada, que otrora asestó buenos mandobles. ¡Ah! Si Tristán despierta, uno de los dos, Dios sabe cuál, no saldrá vivo.

De pronto, el guardabosque dijo muy quedo:

—Rey, nos acercamos.

Le sujetó el estribo y amarró las riendas del caballo a un árbol.

Siguieron acercándose y, de pronto, en un claro asoleado, vieron la cabaña florida.

El rey desata su manto de oro fino, lo arroja al suelo y descubre su gallarda figura. Desenvaina su espada y repite en su corazón que desea morir si no les da muerte. Lo sigue el guardabosque. El rey le hace señas de volver atrás.

Penetra solo en la cabaña, con la espada desnuda; va a asestar el golpe…

¡Ah! ¡Cuánto duelo traería ese golpe!

Pero el rey notó que sus bocas no se tocaban y que una espada desnuda separaba sus cuerpos.

"¡Dios mío —se dijo—, qué veo! ¿Deberé matarlos? Si se amaran con frenesí, ¿habrían puesto una espada entre ellos? Es bien sabido que un acero desnudo separando dos cuerpos es garante y guardián de castidad. Si se amaran hasta la locura ¿reposarían tan puramente? No, no les daré muerte, sería un gran pecado; y si despertara uno de los durmientes y uno de nosotros fuera muerto, se hablaría de ello largo tiempo y para vergüenza nuestra. Lo haré de tal modo, que al despertar sepan que los hallé dormidos; que no quise darles muerte y que Dios se apiadó de ellos".

El sol, atravesando el follaje, iluminaba la blanca faz de Isolda. Tomó el rey sus guantes orlados de armiño mientras pensaba: "Ella me los trajo un día de Irlanda". Los puso en el techo, para cerrar el agujero por donde penetraba el sol, luego retiró suavemente la sortija de esmeraldas que había regalado a la reina; en aquel entonces debió forzarla para que entrara en el dedo, ahora sus dedos estaban tan delgados, que la sortija salió sin esfuerzo. En su lugar el rey puso el anillo que Isolda le había regalado. Retiró después la espada que separaba a los amantes, la misma —el rey la reconoció— que se había astillado en el cráneo del Morholt, colocó la suya en su lugar, salió de la cabaña, montó a caballo y dijo al guardabosque:

—Huid ahora y salvaos si podéis.

Mientras dormía, Isolda tuvo una visión: estaba en una lujosa tienda en medio de un gran bosque. Dos leones se arrojaban sobre ella y luchaban por su posesión… Lanzó un grito y despertó; los guantes orlados de armiño le cayeron en el seno. Al grito, Tristán se puso de pie, y al coger la espada reconoció en la guarnición de oro el acero del rey. Y la reina vio la sortija de Marés.

—¡Señor, qué desgracia —exclamó-, el rey nos ha sorprendido!

—Sí —dijo Tristán—, se llevó mi espada. Como estaba solo, le entró miedo y fue a buscar refuerzos. Volverá y nos hará quemar ante el pueblo entero. ¡Huyamos!

Y huyeron a marcha forzada, acompañados de Gorvenal. Llegaron hasta la linde del bosque, cerca del país de Gales.

¡Dios mío, cuánto tormento les ha dado el amor!

X
FRAY OGRINO

Tres días más tarde, luego de haber seguido durante varias horas la pista de un ciervo herido, al caer la noche en el bosque oscuro, Tristán se puso a pensar.

"No, no fue por temor que el rey nos dejó ilesos —se decía-. Había tomado mi espada, yo dormía y estaba a su merced; podía matarme, ¿para qué necesitaba refuerzos? Y si quería apresarme vivo, ¿por qué, luego de desarmarme, dejó su espada?

"Ah, padre mío, os reconozco; no por miedo, sino por ternura y piedad habéis querido perdonarnos. ¿Perdonarnos, digo? ¿Quién podría, sin envilecerse, olvidar tal crimen? No, no ha perdonado, ha comprendido. Se percató de que Dios nos tenía bajo protección en la hoguera, en el salto de la capilla y en la emboscada de los leprosos.

"Se acordó del niño que otrora tañía el arpa a sus pies, de mi tierra de Leonís, que dejé por él, del dardo del Morholt y de la sangre que vertí por su honor. Recordó que yo no he reconocido mi falta, sino que he pedido vanamente juicio, derecho y ordalía; y la nobleza de su corazón le llevó a comprender lo que los hombres a su alrededor no comprendían. No es que sepa, ni pueda saber jamás la verdad de nuestro amor. Duda, espera, siente que yo no he mentido, desea que pruebe en justa mi derecho.

"Ah, buen tío, si pudiera vencer en lid y con la ayuda de Dios ganar vuestra paz y revestir de nuevo yelmo y coraza en vuestro servicio. Pero… ¿qué pienso? Se llevaría a Isolda. ¿Y cómo podría yo entregársela? ¡Que no me haya cortado la cabeza mientras dormía!

"Antes, cuando me perseguía, podía odiarlo: entregó a Isolda a los leprosos, no era ya de él, era mía. He aquí que con su compasión despertó mi ternura y reconquistó a la reina. ¿La reina, digo? Reina era junto a él, y en este bosque vive como sierva. ¿Qué he hecho de su juventud? En lugar de un aposento tapizado de seda, le doy esta foresta virgen; esta choza en vez de lujosos cortinajes, y por mí sigue este áspero camino.

"¡Ah!, Señor Dios, rey del mundo, os pido misericordia y que me deis la fuerza de devolver a Isolda al rey Marés. ¿No es ella por ventura su mujer, casada según la ley de Roma, frente a todos los hombres del país?"

Apoyado en su arco, Tristán se lamenta largamente en la noche.

En el zarzal espeso que les servía de guarida, Isolda esperaba el retorno de Tristán. Al claror de la luna, vio brillar el anillo que Marés le había deslizado en el dedo. Pensó:

"Quien con graciosa gentileza me dio este anillo, no es el hombre colérico que me entregó a los leprosos; no, es el señor compasivo, que desde el día en que puse pie en esta tierra me acogió y protegió. ¡Cómo amaba a Tristán! ¿Pero yo qué he hecho? ¿No debería Tristán vivir en el palacio del rey, rodeado de cien mancebos, que serían su mesnada y le servirían para ser armados caballeros?

"¿No debería recorrer los feudos y baronías en busca de aventuras? ¡Por mí ha olvidado la caballería, vive exilado de la corte, perseguido por los bosques, como alimaña salvaje!"

Oyó entonces el crujir de las hojas al paso de Tristán. Fue a su encuentro como siempre, para recibirlo en sus brazos. Le tomó el arco Yerranunca y las flechas, y le desciñó la espada.

—Amiga —dijo Tristán—, esta es la espada del rey Marés. Debía degollarnos y nos ha dejado ilesos.

Isolda tomó la espada, besó su guarnición de oro, y Tristán la vio llorar.

–Amiga –dijo–, ¡si pudiera hacer las paces con el rey Marés! ¡Si pudiera sostener en lid que jamás, ni de obra ni de palabra, os he amado con amor culpable! Cualquier caballero de su reino, desde Lidan hasta Durham, que osara contradecirme, se vería conmigo en liza. Si el rey me quisiera de nuevo en su mesnada, le serviría a gran honra, como señor y padre, y si prefiriera alejarme y quedarse con vos, me iría a Frisonia o a Bretaña, llevando solo a Gorvenal. Pero dondequiera que vaya, siempre seré vuestro. No pensaría, Isolda, en esta separación, si no viera la dura vida que soportáis por mí en estos páramos, hermosa amiga.

–Tristán, acordaos del ermitaño Ogrino que vive en la foresta. Volvamos donde él y tal vez podamos pedir misericordia al poderoso Rey celeste.

Despertaron a Gorvenal. Isolda montó a caballo, Tristán cogió la brida y caminaron toda la noche, sin decir palabra, por los bosques amados que cruzaban por última vez.

A la mañana siguiente descansaron, luego caminaron hasta llegar a la ermita. En el umbral de su capilla, Ogrino leía un pergamino. Los vio, y desde lejos los llamó con ternura.

– ¡Amigos, cómo los acosa el amor de miseria en miseria! ¿Cuánto durará vuestra locura? ¡Valor, arrepentíos!

Tristán le dijo:

—Escuchad, señor Ogrino. Ayudadme a reconciliarme con el rey. Le devolveré a la reina. Después me iré muy lejos, a Bretaña o a Frisonia, y un día, si el rey lo quiere, volveré a servirle como debo.

Reclinada a los pies del ermitaño, Isolda habló con voz doliente:

—No viviré más de esta manera. No digo que me arrepienta de haber amado y de amar ahora y siempre a Tristán, pero nuestros cuerpos, al menos, estarán desde ahora separados.

El ermitaño lloró y alabó al Señor:

-¡Dios, rey hermoso y todopoderoso! Os doy gracias por haberme conservado para ayudarlos.

Entonces aconsejó a ambos sabiamente, tomó luego pergamino y tinta, y escribió una carta en la cual Tristán ofrecía concordia al rey. Cuando hubo escrito todo lo que Tristán le dijo, este selló la misiva con su anillo.

– ¿Quién llevará esta carta? —preguntó el ermitaño.

—Yo mismo la llevaré.

—No, señor Tristán, no debéis emprender una jornada tan riesgosa. Yo iré por vos, conozco bien a la gente del castillo.

—Dejadme hacer a mí, buen señor Ogrino. La reina permanecerá en vuestra ermita. Al caer la noche, iré con mi escudero, que cuidará mi caballo.

Cuando descendió la oscuridad sobre el bosque, Tristán se puso en camino con Gorvenal.

A las puertas de Tintagel, se separó de él. En las almenas, los atalayas tocaban sus trompas. Se coló en el foso y atravesó la villa con peligro de su vida. Franqueó, como antes, las afiladas estacas de la cerca que ceñía el vergel, vio de nuevo la gradería de mármol, la fuente y el alto pino, y se aproximó a la ventana del aposento real. Golpeó suavemente. Marés se despertó.

— ¿Quién sois, que llamáis a estas horas?

—Señor, soy Tristán; os traigo una carta, aquí la dejo, en la reja de esta ventana. Haced clavar vuestra respuesta en los brazos de la Cruz roja.

— ¡Por amor de Dios, buen sobrino, esperadme!

Se lanzó a la ventana y por tres veces gritó en la noche:

— ¡Tristán, Tristán, Tristán, hijo mío!

Pero Tristán ya había escapado. Volvió a juntarse con su escudero y, de un ágil salto, montó a caballo.

— ¡Insensato —exclamó Gorvenal—, daos prisa; huyamos por este camino!

Llegaron finalmente a la capilla, donde encontraron, esperándoles, al ermitaño en oración y a Isolda llorando.

XI
El vado azaroso

Marés hizo despertar a su capellán y le entregó la carta. El clérigo rompió el sello y saludó primero al rey en nombre de Tristán; luego, después de descifrar hábilmente las palabras escritas, le dio cuenta del mensaje de Tristán. Marés lo escuchó sin decir palabra, mientras su corazón se regocijaba, pues aún amaba a la reina.

Convocó a lo más granado de su baronía, y cuando se hubieron reunido, callaron, y el rey les habló:

—Señores, he recibido esta carta. Yo soy vuestro rey y vosotros, mis vasallos. Escuchad el mensaje y luego aconsejadme; necesito de vosotros el consejo que me debéis.

El capellán se levantó, desató las cintas de la carta y dijo de pie ante el rey:

—Señores, Tristán envía primero un saludo al rey y a toda la baronía. Y continúa diciendo: "Rey, cuando maté al dragón y conquisté a la hija del rey de Irlanda, a mí me fue entregada; dueño era de guardarla para mí, pero no lo quise hacer; la traje a vuestro país y os la entregué. Sin embargo, apenas la tomasteis por mujer, traidores os hicieron creer sus mentiras. En vuestra cólera, buen tío y señor mío, quisisteis quemarnos en la hoguera sin juicio. Pero Dios se movió a compasión: le suplicamos y Él salvó a la reina e hizo justicia; también yo, al precipitarme de una alta peña, escapé por el poder de Dios. ¿Qué he hecho después que pueda condenarse?

"Cuando entregaron a la reina a los leprosos, la rescaté y me la llevé. ¿Por ventura podía dejar de ayudar a quien estuvo a punto de morir, aunque inocente, por mi causa? Hui con ella al bosque. ¿Cómo hubiera podido devolvérosla, abandonando mi escondite? ¿No habíais ordenado que se nos cogiese vivos o muertos? Pero, hoy y siempre, estoy presto, señor, a sostener en batalla contra quien se presente, que nunca la reina tuvo por mí, ni yo por la reina, amor que pudiera ofenderos. Ordenad el combate: no rehúso a ningún adversario, y si no puedo probar mi derecho, hacedme quemar ante vuestros hombres. Pero, si triunfo y queréis recibir de nuevo a Isolda, la del claro rostro, ninguno de vuestros barones os servirá mejor que yo. Si, por el contrario, no queréis mis servicios, cruzaré el mar e iré a ofrecérselos al rey de Gavoia o al rey de Frisonia, y ya no oiréis hablar de mí. Señor, aconsejaos, y si no consentís en un acuerdo, me llevaré a Isolda a Irlanda, de donde la traje, y será reina de su país".

Cuando los barones cornualleses oyeron que Tristán les ofrecía batalla, dijeron al rey:

—Señor, recibe de nuevo a la reina: insensatos son los que la han calumniado ante ti. En cuanto a Tristán, que se vaya como propone a guerrear en Gavoia, o bien, a servir al rey de Frisonia. Dile que traiga a Isolda lo más pronto posible.

El rey preguntó tres veces:

— ¿Nadie se levanta para acusar a Tristán?

Todos callaban. Entonces dijo el capellán:

—Escribid pronto una carta; habéis oído lo que hay que poner; apresuraos a escribir: Isolda ya ha sufrido demasiado en su juventud. Haced clavar la carta en un brazo de la Cruz Roja antes del atardecer. ¡Daos prisa!

Y agregó:

—Diréis, además, que mando a ambos mi saludo y mi amor.

Hacia la medianoche Tristán cruzó Blanche-Lande, encontró la carta y la llevó sellada al ermitaño Ogrino. El ermitaño leyó el escrito: Marés consentía, por consejo de sus barones, en recibir a Isolda, pero no aceptaba a Tristán como vasallo. Tristán debería cruzar el mar tres días después de haber puesto, en el Vado Azaroso, a la reina en manos de Marés.

–¡Dios mío –dijo Tristán–, qué dolor perderos, amiga! Es preciso, sin embargo, pues el sufrimiento que soportáis por mi culpa puedo ahorrároslo. Cuando llegue el momento de separarnos, os haré un presente, prenda de mi amor. Del país desconocido adonde voy os mandaré un mensajero; él me dará cuenta de vuestros deseos; y al primer llamado acudiré desde lejanas tierras.

Isolda suspiró y dijo:

– Tristán, dejadme a Husdent, vuestro perro. Nunca será mejor cuidado un preciado sabueso. Cuando lo vea, me acordaré de vos y estaré menos triste. Amigo, tengo un anillo de jaspe verde, tomadlo por amor a mí, llevadlo en vuestro dedo: si alguna vez un mensajero pretende ser tu enviado, no le creeré, diga lo que diga, en tanto no haya mostrado este anillo. Pero, apenas lo vea, ningún poder, ninguna prohibición real me impedirán hacer lo que me hayáis ordenado, sea cuerdo o insensato.

–Amiga, os doy a Husdent.

–Amigo, tomad este anillo en recompensa.

Y ambos se besaron en los labios.

Dejando a los amantes en la ermita, Ogrino caminó apoyado en su báculo hasta un lugar llamado El Monte. Compró allí armiño, pieles de marta y de ardillas, sedas púrpura y escarlata, y una camisa más blanca que un lirio, y un palafrén enjaezado de oro, de tranquilo aspecto. La gente reía al verle disipar en magníficos y extraños objetos sus denarios amasados en muchos años. Pero el anciano cargó el palafrén con las ricas telas y se allegó a Isolda.

—Reina —le dijo—, vuestros vestidos caen en harapos. Aceptad estos presentes, a fin de que luzcáis más bella el día que vayáis al Vado Azaroso; temo que no os plazcan, pues no soy experto en escoger tales vestidos.

Entretanto, el rey hacía vocear proclamas en Cornualles, con la nueva de su entrevista de paz con la reina. Damas y caballeros se dirigieron en tropel a la asamblea; todos deseaban volver a ver a la reina Isolda, todos la amaban, salvo los tres traidores que aún sobrevivían. Pero de los tres, uno moriría asesinado por la espalda; otro, traspasado por una flecha, y el último, ahogado. En cuanto al guardabosque, Perinis el Franco, el Rubio le dará muerte a bastonazos en el bosque. Así Dios, que odia la desmesura, vengará a los amantes en sus enemigos.

El día señalado para la asamblea brillaba la pradera adornada por las ricas tiendas de los barones. En el bosque, Tristán cabalgaba con Isolda y, temeroso de una emboscada, llevaba cota de malla bajo sus harapos.

Cuando ambos llegaron a la linde del bosque vieron, a lo lejos, entre los barones, al rey Marés.

—Amiga —dijo Tristán—, ved al rey, vuestro señor, a sus caballeros y súbditos: vienen hacia nosotros; en un momento más ya no podremos hablarnos. Por el Dios glorioso y poderoso, os conjuro: si alguna vez recibís de mí un mensaje, haced lo que os mande.

-Amigo —dijo Isolda—, una vez que haya visto el anillo de jaspe, ni torre, ni muros, ni fortalezas me impedirán hacer la voluntad de mi amigo.

—Que Dios os recompense, Isolda.

Sus caballos caminaban juntos; él la atrajo hacia sí y la estrechó en sus brazos.

—Tristán, amigo —dijo Isolda—, escuchad mi última súplica: vos vais a dejar esta tierra; esperad aún algunos días, escondeos hasta que veais cómo me trata el rey, si con enojo o con bondad… Estoy sola, ¿quién me defendería de los traidores? ¡Tengo miedo! El guardabosque Orri te dará secreto albergue. Escabullíos por la noche hasta el sótano en ruinas: mandaré allí a Perinis, para que os diga si me maltratan.

—Amiga, nadie se atreverá hacerlo; me esconderé en casa de Orri; quienquiera os infiera ultraje, cuídese de mí como del Maligno.

Las dos cabalgatas se habían aproximado al alcance de la voz, y se saludaron. A un tiro de arco de los suyos cabalgaba diestramente el rey; con él iba Dinas de Lidan. Cuando se le acercaron los barones, Tristán, llevando de la rienda el palafrén de Isolda, saludó al rey:

—Rey —le dijo-, os devuelvo a Isolda la Rubia. Frente a los hombres de vuestra corte, os conmino a permitirme mi defensa; nunca he sido juzgado. Dejadme justificarme en lid: si me derrotan, quemadme en azufre; si triunfo, retenedme a tu vera, y si no queréis retenerme, me voy a tierras lejanas.

Nadie aceptó el desafío de Tristán; entonces Marés cogió el palafrén de la reina por la brida, y, entregándosela a Dinas, se apartó para tomar consejo.

Gozoso, Dinas hizo a la reina homenajes y gentilezas. Le sacó la capa de lujosa tela escarlata y apareció su cuerpo gentil bajo una fina túnica. Y la reina sonreía al recordar al anciano ermitaño que no había mezquindado sus dineros. Su vestimenta era rica, delicados los miembros, azules los ojos, y sus cabellos claros como rayos de sol.

Cuando los traidores la vieron bella y honrada como otrora, cabalgaron irritados hacia el rey. En ese instante un barón, André de Nicole, se esforzaba en persuadirlo.

—Señor —le decía—, deja a Tristán a vuestro lado; gracias a él seréis un rey más temido. —Y poco a poco ablandaba el corazón del rey Marés.

Pero los traidores se acercaron y dijeron:

—Rey, escuchad el consejo que os damos con lealtad. Se ha calumniado a la reina, estamos de acuerdo; pero si Tristán y ella permanecen juntos en la corte, comenzarán de nuevo las habladurías. Haced que Tristán se aleje por un tiempo; después, sin duda, lo llamaréis de nuevo.

Y así lo hizo Marés: mandó a Tristán que se alejara de inmediato.

Entonces Tristán se acercó a la reina y le dijo adiós. Se miraron; la reina se avergonzó al sentirse ante la presencia de la asamblea y enrojeció. Pero el rey, movido de compasión, habló por primera vez a su sobrino:

—¿Adónde iréis con esos harapos? Tomad de mi tesoro lo que queráis: oro, plata y pieles finas.

—Rey —dijo Tristán—, no tomaré ni un denario ni un eslabón de malla. Como pueda me iré a servir al gran rey de Frisonia.

Volvió grupas y descendió hasta el mar. Isolda lo siguió con la vista, y mientras pudo verlo no volvió la mirada.

A la noticia de la paz, grandes y pequeños, hombres, mujeres y niños acudieron en tropel a los extramuros al encuentro de Isolda, y llorando el exilio de Tristán hacían fiestas a la reina recobrada. Al son de las campanas, por las calles tapizadas y encortinadas de seda, el rey, los condes y los príncipes la cortejaron y las puertas del palacio se abrieron a todos. Ricos y pobres pudieron sentarse a comer, y para celebrar el día, liberó el rey a cien de sus siervos y dio el espaldarazo a veinte donceles.

Al llegar la noche, Tristán se encaminó, tal como se lo había prometido a la reina, a la casa del guardabosque Orri, quien lo escondió en las ruinas del sótano. ¡Cuídense los traidores!

XII
LA ORDALÍA DEL HIERRO AL ROJO

Pronto, Denoalen, Andret y Gondoine se sintieron seguros; sin duda, pensaban que Tristán vivía en ultramar, en un país lejano, y que no podría llegar hasta ellos. Un día, durante una cacería, se acercaron al rey, que se había detenido en un claro del bosque a escuchar el ladrido de la jauría.

—Rey —le dijeron—, condenasteis a la reina sin juicio y eso fue una falta grave. Hoy la absolvéis sin juicio, ¿no es también un mal proceder? La reina nunca se ha justificado, y los barones de esta tierra os lo echan en cara a vos y a ella. Aconsejadle que ella misma reclame el juicio de Dios. ¿Qué le costaría, si es inocente, jurar por las osamentas de los santos que jamás ha caído en falta? ¿O bien, coger un hierro candente? Así lo quiere la usanza, y con esta sencilla prueba se disiparán para siempre las viejas sospechas.

Irritado, Marés repuso:

–¡Dios os destruya, señores cornualleses, que buscáis sin descanso mi deshonra! Por vosotros expulsé a mi sobrino. ¿Qué más queréis ahora? ¿Que expulse a la reina? ¿Cuáles son vuestros nuevos agravios? ¿No ofreció por ventura Tristán defenderla contra vuestras acusaciones? Para justificarla os desafió, todos lo habéis oído. ¿Por qué entonces no habéis levantado contra él vuestras armas y escudos? Señores, vuestra petición no es justa. Temed, pues, que yo llame a aquel a quien por vosotros expulsé.

Temblaron los traidores, ya veían a Tristán sangrándolos hasta la última gota.

–Señor –dijeron–, os dábamos nuestro leal consejo, como debe hacerlo un vasallo; pero ahora callaremos. ¡Olvidad vuestra cólera, devolvednos la paz!

Pero Marés se empinó en los estribos y exclamó:

–¡Fuera de mi tierra, felones! Ya no tendréis mi paz; por vosotros expulsé a Tristán. ¡Fuera de mi tierra!

–Sea, buen señor. ¡Fuertes son nuestros castillos, bien cercados y sobre escarpadas peñas!

Y sin saludar volvieron grupas.

Sin esperar ni a la jauría ni a los monteros, Marés espoleó su caballo hacia Tintagel; subió a la sala, y la reina escuchó resonar su paso presuroso en las baldosas.

Ella se levantó, fue a su encuentro y, como de costumbre, le tomó la espada y se inclinó a sus pies. Al tomarla el rey de la mano y ayudarla a levantarse, vio la reino sus nobles rasgos convulsionados por la cólera, como estaban aquel día cuando apareció ante la hoguera.

"¡Ay de mí!, pensó, han descubierto a mi amigo; el rey se apoderó de él".

Se le heló el corazón; sin decir palabra, cayó a los pies del rey. La tomó Marés en los brazos y la besó con dulzura; poco a poco ella fue reanimándose.

–Amiga, amiga –dijo el rey–, ¿qué os conturba?

–Señor, tengo miedo; os veo tan colérico.

–Sí, vuelvo irritado de esta cacería.

–¡Ah, señor, no toméis tan a pecho las molestias de cacería!

Sonrió Marés ante estas palabras.

–No, amiga, no me han disgustado mis cazadores, sino tres felones, nuestros antiguos enemigos. Vos los conocéis: Andret, Denoalén y Gondoine. Los expulsé de mi tierra.

–¿Señor, qué mal han osado decir de mí?

–¡Qué importa eso ahora! Ya los expulsé.

–Señor, a nadie niego el derecho de decir lo que piensa. Pero yo también tengo el derecho de conocer las acusaciones que se me hacen. ¿Y quién me las dará a conocer, sino vos? Estoy sola en esta tierra, y nadie, excepto vos, puede defenderme.

–Sea, os lo diré. Afirmaban que debéis justificaros por juramente y ordalía del hierro al rojo. "¿No debería la reina –decían– exigir este juicio? Estas pruebas son leves para un inocente. ¿Qué le costará? Dios es juez verdadero, Él disipará viejas sospechas". Esto es lo que pretendían. Pero, dejemos estas cosas, ya os lo dije; los he expulsado.

Isolda se estremeció, miró al rey y le dijo:

–Señor, ordenadles volver a vuestra corte. Me justificaré por juramento.

–¿Cuándo?

–Dentro de diez días.

–Plazo muy cercano, amiga.

–Para mí demasiado lejano. Os suplico que pidáis al rey Arturo y a Monseñor Gauvain, a Girflet, al senescal Ké, y a cien de sus caballeros, que cabalguen ese día hasta la marca entre vuestras tierras, en Blanche-Lande, junto al río que separa vuestros reinos. Allí, delante de ellos, quiero prestar juramento; no delante de vuestros barones solamente, pues, de otro modo, me exigirían una nueva prueba, y nuestros tormentos no tendrían fin. En cambio, si Arturo y sus caballeros son testigos, ya no me molestarán.

Mientras los heraldos iban de prisa hacia Carduel

con el mensaje de Marés para el rey Arturo, Isolda envió en secreto a su criado Perinis, el Rubio, el Fiel, en busca de Tristán.

Perinis se internó en el bosque, evitando los senderos frecuentados, hasta llegar a la cabaña de Orri, el guardabosque, donde Tristán lo esperaba desde hacía nueve días. Perinis le dio cuenta de la felonía y del plazo, hora y sitio de la ordalía.

—Señor, os pide mi señora que el día fijado vayáis a Blanche-Lande vestido de peregrino, de manera que nadie pueda reconoceros. La reina deberá cruzar el río en barca para llegar al sitio de la prueba; vos la esperaréis junto a la ribera, donde estarán los caballeros del rey Arturo. Podréis entonces prestarle ayuda; mi señora teme la ordalía; confía, empero, en la misericordia de Dios, que la arrancó de manos de los leprosos.

—Volved donde vuestra ama, bondadoso y fiel Perinis: decidle que haré su voluntad.

Sucedió, entonces, que al volver Perinis a Tintagel, vio al guardabosque que delató a los amantes ante el rey. Aquel, estando ebrio, se había jactado un día de su traición. Estaba el delator junto a una fosa cubierta de ramaje, hábil trampa para lobos y jabalíes. Al ver a Perinis abalanzarse sobre él, quiso huir. Pero Perinis lo acorraló junto al borde de la trampa:

—Espía que vendisteis a la reina, ¿para qué queríais escapar? Quedaos junto a vuestra tumba, que vos mismo preparasteis.

Zumbó el bastón en el aire, y bastón y cráneo se quebraron a la vez. Perinis, el Rubio, el Fiel, echó el cuerpo de un puntapié a la fosa.

El día señalado para el juicio, el rey Marés, la reina Isolda y los caballeros de Cornualles cabalgaron en hermoso cortejo hasta el río. Desde la otra ribera, los caballeros del rey Arturo saludaron agitando sus brillantes oriflamas.

Ante ellos, sentado en el ribazo, un mísero peregrino, envuelto en una capa adornada de conchas, alargaba la escudilla de madera, pidiendo limosna con voz penetrante y doliente.

A fuerza de remos, las barcas de Cornualles se acercaban. Cuando estuvieron listas para tocar tierra, Isolda preguntó a los caballeros que la rodeaban:

—¿Señores, cómo podré poner pie en tierra sin manchar con barro mis vestiduras? Es preciso que alguien me lleve hasta la orilla.

Uno de los caballeros llamó al peregrino:

—Amigo, recoged vuestra capa, baja al agua y llevad a la reina en vuestras espaldas, si no teméis que os cedan las rodillas a medio camino, pues os veis bien enclenque.

Tomó el hombre a la reina en brazos. Ella le dijo muy quedo: "¡Amigo!", y después: "Dejaos caer en la arena".

Cuando llegó a la ribera, el hombre trastabilló y cayó, teniendo a la reina en brazos. Escuderos y marineros, con remos y bicheros, persiguieron al pobre diablo.

—Dejadle —dijo la reina—. Sin duda su largo peregrinaje lo ha debilitado.

Y, sacándose un broche de oro, lo tiró al peregrino.

Frente al pabellón de Arturo, habían tendido sobre la hierba una lujosa tela de seda de Nicea, y en ella habían depositado las santas reliquias.

Monseñor Gauvain, Girflet y el senescal Ké las vigilaban.

La reina oró a Dios y se quitó las joyas que adornaban su cuello y sus manos, y las dio a los mendigos; desató su manto de púrpura y lo entregó; entregó su fina toca y su jubón y sus escarpines guarnecidos de pedrería. Vestida solo de una túnica que dejaba ver solo sus manos y sus pies desnudos, avanzó hacia los dos reyes. En derredor, los barones la contemplaban en silencio y lloraban. Cerca de las reliquias ardía un brasero. Temblando, Isolda extendió su mano derecha hacia las brasas y los santos despojos, y dijo:

—Rey de Logres, y vos, señor de Cornualles; vosotros señores Gauvain, Ké, señor Girflet y todos los que me rodeáis, seréis mis garantes. Por estos santos huesos y por todas las santas reliquias del mundo, juro que ningún otro hombre nacido de mujer me ha tenido en sus brazos, salvo el rey Marés, mi señor, y el pobre peregrino que no ha mucho cayó ante vosotros. Rey Marés, ¿está hecho el juramento en buena forma?

–Sí, reina, y que Dios juzgue.

–Amén –dijo Isolda.

Se aproximó al brasero, pálida y vacilante. Todos callaban; el fierro estaba al rojo. Hundió los brazos desnudos en los carbones encendidos, cogió la barra de hierro, dio nueve pasos llevándola, y arrojándola lejos de sí extendió los brazos en cruz, con las palmas abiertas. Y todos vieron que su carne estaba sana y tersa como fruto de ciruelo.

De todos los pechos se levantó entonces un gran clamor de alabanza a Dios.

XIII
LA VOZ DEL RUISEÑOR

Cuando Tristán, de regreso en la cabaña de Orri, se hubo despojado de su capa y báculo de peregrino, vio claramente en su corazón que había llegado el día de cumplir la promesa hecha al rey Marés: debía alejarse del país de Cornualles. ¿Para qué tardar más tiempo? La reina se había justificado, el rey la amaba y la honraba; Arturo la socorrería si fuere necesario, y ningún traidor prevalecería contra ella. ¿Para qué vagar más tiempo por los alrededores de Tintagel? Arriesgaba vanamente su vida, la del guardabosque y el reposo de Isolda. Por cierto, tenía que partir, y allá en Blanche-Lande, en hábito de peregrino, fue la última vez que sintió el hermoso cuerpo de Isolda estremecerse en sus brazos.

Tardó tres días en partir, pues no podía alejarse del país donde vivía la reina. Pero, llegado el cuarto día, se despidió del guardabosque Orri y dijo a Gorvenal:

—Buen maestro, llegó la hora de la partida: nos iremos al país de Gales.

Esa noche se pusieron tristemente en camino. Por la ruta que llevaban pasaron junto al vergel cercado de estacas, donde Tristán esperaba otrora a su amiga. La noche brillaba límpida. En la vuelta del camino, cerca de la empalizada, vio alzarse en el claro cielo el tronco robusto del alto pino.

—Buen maestro, esperadme en el bosque cercano; volveré pronto.

—¿Adónde vais? Insensato, ¿por qué os buscáis sin descanso la muerte?

Pero ya Tristán había saltado resueltamente la empalizada. Se acercó al alto pino, junto a las gradas de claro mármol. ¿Para qué lanzar ahora al agua ramitas y trozos de cortezas, si Isolda ya no vendría? Con paso ágil y prudente, osó acercarse al castillo por el sendero que otrora seguía la reina.

En su aposento, en brazos del rey Marés, que dormía, velaba Isolda. De pronto, por la ventana entreabierta, donde jugaban los rayos de luna, oyó el canto de un ruiseñor.

Escuchaba Isolda la sonora voz que encantaba la noche; la voz se alzaba plañidera, tanto que no hay un corazón cruel, un corazón de asesino, al que no enterneciera. Pensó la reina: "¿De dónde viene esta melodía?"

Y súbitamente comprendió. "¡Es Tristán! Así imitaba a los pajarillos para entretenerme, cuando vagaba por la foresta de Morois. Viene a darme su último adiós. ¡Cómo se queja! Parece la triste voz del ruiseñor que se despide del verano. Amigo, nunca más oiré vuestra voz".

La melodía redobló su ardor. "¿Qué me pedís? La muerte nos acecha. Pero qué importa la muerte. Me llamáis, me queréis, voy a vos".

Se desprendió de los brazos del rey y echó un manto de pieles sobre su cuerpo semidesnudo. Debía atravesar el aposento contiguo, donde velaban por turno diez hombres: cinco dormían y otros cinco montaban guardia. Pero, por azar, se habían dormido todos, cinco en su lecho, cinco en el suelo. Isolda se escurrió entre los cuerpos, levantó la barra de la puerta, el anillo sonó, pero no despertó a ningunos de los centinelas. Cruzó el umbral de la puerta. Calló la voz del cantar.

Bajo los árboles, sin decir palabra, él la estrechó contra su pecho; sus brazos se anudaron firmemente ciñéndose sus cuerpos, y hasta el alba no soltaron el abrazo. A pesar del rey y de los centinelas, los amantes aman y gozan.

Aquella velada enloqueció a los enamorados; y en los días que siguieron, como el rey había dejado

Tintagel para conceder audiencias en Saint-Lubin, Tristán, que había vuelto a casa de Orri, se escabullía osadamente todas las mañanas hasta los aposentos de las mujeres.

Un siervo lo sorprendió y fue a buscar a Andret, Denoalen y Gondoine:

—Señores, la bestia que creíais lejos, ha vuelto a su guarida.

—¿Quién?

—Tristán.

—¿Cuándo lo visteis?

—Esta mañana, y era él, sin duda. También podréis verlo llegar mañana, al alba, la espada al cinto, un arco en la mano y dos flechas en la otra.

—¿Dónde lo veremos?

—Por una ventana que yo conozco. Pero si os la muestro, ¿cuánto me daréis?

—Treinta marcos de plata; hete aquí convertido en un rico villano.

—Escuchad, entonces —dijo el siervo—. El aposento de la reina se puede divisar desde una estrecha ventana que lo domina, pues se abre en lo alto de una alta muralla. Pero una gran cortina cela el interior. Id uno de vosotros muy de mañana al vergel, que corte una rama larga de espino y le aguce el extremo; que suba luego a la ventana, pinche la cortina con el palo y la haga a un lado, y… quemadme, señores, si tras el cortinaje no veis entonces lo que os he contado.

Andret, Gondoine y Denoalen discutieron sobre quién tendría primero el goce del espectáculo; convinieron finalmente en concedérselo a Gondoine. Se separaron; se encontrarían al día siguiente, al alba. ¡Guardaos de Tristán, mañana al alba, gallardos señores!

Al día siguiente, de noche oscura, Tristán salió de la cabaña de Orri y se deslizó hacia el castillo del rey entre los tupidos zarzales. Al salir de un matorral, vio a Gondoine, que venía de su mansión. Tristán, entonces, se ocultó de nuevo en la espesura: "¡Ay, Dios, haz que no me vea antes del momento propicio!"

Espada en mano lo esperaba, pero Gondoine tomó otra ruta y se alejó. Tristán salió desilusionado del zarzal, tendió el arco y apuntó; pero, ¡ay!, ya estaba el hombre fuera de alcance.

En ese instante vio a lo lejos a Denoalen, bajando lentamente por el sendero, al paso de un pequeño palafrén negro, seguido de dos grandes lebreles. Tristán lo acechó oculto tras un árbol. Lo vio azuzar a los perros para que levantaran a un jabalí oculto en un seto. Pero, antes de que los lebreles desalojaran a la bestia de su cubil, Denoalen iba a recibir tal herida, que ningún médico podría curarla. Cuando el traidor estuvo cerca, Tristán arrojó su capa y, de un salto, se plantó ante su enemigo. El traidor quiso huir; imposible: ni siquiera alcanzó a gritar: "¡Me herís!" Cayó del caballo. Tristán le cortó la cabeza, y luego las trenzas, que guardó en su calza: quería mostrárselas a Isolda para regocijar el corazón de su amiga. "¡Qué desgracia —pensaba—, se me escapó Gondoine y no puedo pagarle el mismo salario!"

Limpió su espada, la envainó, arrastró un tronco, lo puso sobre el cadáver, y fue en busca de su amiga, dejando los sangrientos despojos.

En el castillo de Tintagel, ya estaba Gondoine junto a la alta ventana; había pinchado el cortinaje y separado sus pliegues, y observaba el aposento lujosamente tapizado. Vio primero solo a Perinis, luego a Brangien, que tenía el peine con que había peinado a la reina sus cabellos de oro. Luego entró Isolda, seguida de Tristán, que llevaba en una mano un arco de albura y dos flechas, y en la otra, dos largas trenzas de hombre. Dejó caer su capa y apareció su gallarda figura. Isolda la Rubia se inclinó para saludarlo, y al levantarse vio proyectada en la cortina la sombra de Gondoine.

—¿Veis estas hermosas trenzas? —le dijo Tristán-. Son las de Denoalen. Os he vengado. ¡Ya no venderá ni comprará ni su escudo ni su lanza!

—Bien, señor; pero tened vuestro arco, haced esa merced, quiero ver si es fácil de manejar.

Tendió el arco Tristán, extrañado, comprendiendo a medias. Tomó Isolda una de las flechas, la empulgó, tanteó la tensión de la cuerda, y dijo queda y rápidamente:

—Veo algo que no me gusta. ¡Apuntad bien, Tristán!

Apuntó Tristán, levantó la cabeza y vio, en lo alto de la cortina, la sombra de la cabeza de Gondoine. "Dios dirija esta flecha", se dijo. Se dio vuelta hacia la muralla y disparó. Silba la flecha, no vuela tan rauda una golondrina, revienta el ojo del traidor, atraviesa los sesos como blanda fruta y va a topar en el cráneo. Gondoine se desploma sin dar un grito.

Dijo entonces Isolda a Tristán:

—¡Huid ahora, amigo! Ya lo veis, los felones conocen vuestro refugio. Andret aún vive, se lo dirá al rey. Ya no estáis seguro en la cabaña del guardabosque. ¡Huid, amigo! Perinis el Fiel esconderá tan bien este cuerpo en el bosque, que el rey no se enterará. ¡Pero huid de este país, por vuestro bien y por el mío!

—¿Cómo podré vivir? —dijo Tristán.

—Decís bien, amigo Tristán, nuestras vidas están entretejidas. Y yo, ¿cómo podré vivir? Mi cuerpo queda aquí, vos os lleváis mi corazón.

—Parto, Isolda amiga, no sé adónde. Pero si vuelves a ver el anillo de jaspe, ¿cumplirás el recado que te envíe con él?

–Sí, tú lo sabes; si veo la sortija de jaspe, ni torre, ni fortaleza, ni prohibición real me impedirán hacer la voluntad de mi amigo, sea cuerda o insensata.

–Amiga, ¡que el Dios nacido en Belén haga que se cumplan tus deseos!

–¡Amigo, que Dios te guarde!

XIV
El cascabel encantado

Tristán se refugió en Gales, en la tierra del noble duque Gilain. El duque era joven, poderoso, y de buen talante; lo recibió como huésped bienvenido. Hizo todo de su parte para honrarlo y festejarlo. Pero las aventuras y las fiestas no aplacaron la congoja de Tristán.

Un día estaba sentado junto al joven duque, y tan oprimido estaba su corazón que, sin darse cuenta, suspiraba. Para endulzar sus penas, el duque hizo traer su juguete favorito, que tenía el sortilegio de encantar su corazón en las horas tristes: su perrito Cru. Era un perro encantado; se lo habían traído al duque desde la isla de Avalon, como regalo de un hada. Ni el más hábil juglar podría describir su mecanismo y su belleza. Tan maravillosos y bien dispuestos matices tenía su pelaje, que no pueden describirlo las palabras. Se diría que su cuello era más blanco que la nieve, y más verde que el trébol su grupa; que era rojo escarlata un flanco y amarillo azafrán el otro; azul el vientre, como lapislázuli, y el lomo rosado. Pero, tras mirarlo un rato, bailaban y cambiaban sus colores, ora blancos, ora verdes, púrpura, azafrán, frescos y apagados. Llevaba al cuello, colgando de una cadenilla de oro, un cascabel de tintinear tan claro, tan alegre y suave, que el corazón de Tristán se enterneció, olvidó las penas y recobró la paz. No fue ya tan vivo su recuerdo de los trabajos sufridos por la reina, pues esa era la virtud del cascabel: de oír su son tan claro, suave y alegre, olvida el corazón sus congojas. Y Tristán, hechizado por la magia del perrillo, que le robaba las penas, le acariciaba el pelaje, más suave al tacto que terciopelo. "Un hermoso presente para la reina", pensaba. Pero, ¿qué podía hacer? El duque amaba al perrillo sobre todas las cosas, y ni súplicas ni ardides lo harían desprenderse de él.

Un día Tristán le dijo al duque:

—Señor, ¿qué daríais a quien os liberara del gigante Urgano el Velludo, que os impone tan pesados tributos?

—¡A fe mía! Le daría a escoger entre mis riquezas lo que le fuera más preciado. Pero nadie se atreverá a vérselas con el gigante.

—Extrañas razones oigo —repuso Tristán—. Solo valerosas aventuras traen el bien a un país; ni todo el oro de Pavía me haría renunciar a mi deseo de combatir con el gigante.

—Si es así —dijo el duque Gilain—, que el Dios nacido de Virgen os acompañe y os defienda de la muerte.

Tristán fue hasta la guarida de Urgano el Velludo. Luchan con furia largo rato. Triunfa al fin la osadía sobre la fuerza, el ágil acero sobre la pesada clava. Tristán corta el puño derecho del gigante y lo lleva al duque.

—Señor, dadme en recompensa, como lo habéis prometido, a Cru, vuestro perrillo mágico.

—Amigo, ¿qué me pedís? Dejádmelo, tomad, si queréis, a mi hermana y la mitad de mis tierras.

—Señor, hermosa es vuestra tierra, y vuestra hermana también lo es; pero fue por ganar vuestro perrillo hechicero que combatí con Urgano el Velludo. ¡Recordad vuestra promesa!

—Tomadlo, pues. ¡Pero habéis de saber que me robáis el goce de mis ojos y la alegría de mi corazón!

Tristán confió el animalillo a un juglar de Gales, sabio y astuto, que lo llevó de su parte a Cornualles.

El juglar llegó a Tintagel y lo entregó secretamente a Brangien. La reina se alegró muchísimo; dio al juglar en recompensa diez marcos de oro y dijo al rey que la reina de Irlanda, su madre, le enviaba aquel hermoso presente. Hizo labrar para el perrillo una casita de oro y pedrerías, y dondequiera que fuese lo llevaba en recuerdo de su amigo. Y cada vez que lo miraba, huían de su corazón tristezas, congojas y añoranzas.

Al principio no comprendió el prodigio; si hallaba tanto placer en contemplarlo, pensaba, era porque se lo había enviado Tristán. Sin duda era el recuerdo de su amigo lo que adormecía sus congojas. Hasta que un día se percató del sortilegio del tintineante cascabel.

"Ah —se dijo—, no está bien que conozca consuelo mientras sufre Tristán. Podría mi amigo haber guardado el perrillo encantado para disipar sus penas. Pero, con fina gentileza, prefirió enviármelo, darme goce y quedarse él con sus penas. Esto no debe ser así. Tristán, quiero sufrir cuando vos sufráis".

Tomó el sonajero mágico, lo hizo tintinear por última vez, lo desató y lo arrojó al mar por la ventana.

XV
ISOLDA,
LA DE LAS BLANCAS MANOS

Los amantes no pueden vivir ni morir separados. Lejos uno del otro, no viven ni mueren, viven y mueren a la vez.

Por mares y tierras Tristán intentó huir de su congoja. Volvió a su tierra de Leonís, donde Rohalt el Fiel recibió a su hijo con lágrimas de ternura. Pero, no pudiendo descansar en su patria, Tristán recorrió reinos y ducados, buscando aventuras. De Leonís a Frisonia, de Frisonia a Gavoia, de Alemania a España. Sirvió a muchos señores y llevó a cabo muchas empresas. ¡Ay! Pasaron dos años y ni una sola nueva de Cornualles, ningún amigo, ningún mensaje.

Creyó entonces que Isolda ya no lo amaba, que lo había olvidado.

Un día entró en Bretaña, acompañado solamente de Gorvenal. Atravesaron una llanura devastada: por doquier muros derruidos, ciudades despobladas, campos rozados, donde sus caballos pisaban cenizas y carbones. Frente al desolado páramo, Tristán pensó:

"Estoy exhausto y molido. ¿De qué me sirven las aventuras? Mi dama está lejos y nunca más volveré a verla. Hace ya dos años que voy errante por tierras extrañas, ¿y me ha mandado a buscar? Ni un mensaje he recibido de ella. En Tintagel el rey la sirve y la honra, vive en alegría. ¡A fe mía! Bien ha hecho su obra el cascabel mágico. Me olvidó; ya no le importan los dolores y alegrías de antaño, ni se cuida del mísero que vaga por tierras desoladas. Y yo, ¿nunca olvidaré a la que me olvidó; nunca encontraré a quien me cure de mis penas?"

Dos días cabalgaron Tristán y Gorvenal sin ver un alma, un gallo, un perro. Al tercer día, a la hora de nona, llegaron junto a una colina, donde se alzaba una vieja capilla, y cerca de ella, la morada de un ermitaño. El ermitaño vestía solo harapos y una piel de cabra. Prosternado en tierra, desnudos los brazos y las piernas, rogaba a María Magdalena que le inspirara sanas oraciones. Dio la bienvenida a los caminantes, y mientras Gorvenal llevaba el caballo al establo, desarmó a Tristán y dispuso la comida. No les dio manjares delicados, sino agua de vertiente y pan de cebada de rescoldos. Después de comer, al caer la noche, se sentaron junto al fuego, y Tristán preguntó el nombre de esa tierra desolada.

—Gallardo señor —dijo el ermitaño—, es la tierra de Bretaña, del duque Hoel. Antes era un hermoso país, rico en praderas y tierras de labranza: aquí un molino, allá árboles frutales y granjas. Pero el conde Riol de Nantes nos ha traído la ruina. Sus soldados recorren los campos aprovisionándose y han quemado y saqueado por doquier; su botín los ha hecho ricos. ¡Azares de la guerra!

—Hermano —dijo Tristán—, ¿por qué el conde Riol afrentó así a vuestro señor Hoel?

—Os diré, señor, el motivo de esta guerra. Sabed que Riol era vasallo de Hoel. Pues bien, el duque tiene una hija, bella entre las hijas de hidalgos, y el conde Riol quería tomarla por mujer. Pero su padre rehusó entregarla a un vasallo, y el conde Riol quiso tomarla por la fuerza. Muchos hombres han muerto en esta riña.

Tristán preguntó:

—¿Puede aún el duque sostener esta guerra?

—A duras penas, señor; pero su último castillo, Carhaix, aún resiste, pues son fuertes sus murallas, y fuerte es el corazón del hijo del duque Hoel, Kaherdin, el buen caballero. Pero el enemigo los asedia y los hambrea. ¿Podrán resistir más tiempo?

Tristán preguntó a qué distancia estaba el castillo de Carhaix.

—Solo a dos millas de aquí, señor.

Se separaron y se fueron a dormir. Por la mañana, después de maitines, y cuando hubieron compartido el pan de cebada y rescoldos, Tristán dijo adiós al santo varón y partió hacia Carhaix.

En cuanto llegó al pie de los muros, vio una tropa tras las almenas y pidió hablar con el duque. Hoel se encontraba junto a la tropa con su hijo Kaherdin. Tristán se dio a conocer y le dijo:

—Soy Tristán, rey de Leonís; el rey Marés de Cornualles es mi tío. He sabido, señor, que vuestros vasallos os afrentan y he venido a ofreceros mis servicios.

—Señor Tristán, seguid vuestro camino; Dios os recompense. ¿Cómo podríamos recibiros aquí? No tenemos víveres, se acabó el trigo, y subsistimos de porotos y cebada.

—¡Qué importa! —dijo Tristán—. He vivido dos años de hierbas, raíces y carne de animales salvajes, y sabed que me placía esa vida. Hacedme abrir las puertas.

Kaherdin dijo entonces:

—Recibidlo, padre mío, ya que es tan valeroso; compartirá nuestras venturas y desventuras.

Lo acogieron con grandes honores. Kaherdin llevó a su huésped a recorrer las fortificaciones y la torre maestra, tras cuyas almenas se emboscaban los alabarderos. Desde lo alto de la torre le mostró las tiendas y pabellones del campamento del conde Riol en la llanura.

Cuando volvieron al pórtico del castillo dijo a Tristán:

—Ahora, buen amigo, subiremos a la sala donde están mi madre y mi hermana.

Ambos, cogidos de la mano, entraron al aposento de las mujeres.

Madre e hija estaban sentadas bordando en oro una tela de Inglaterra; cantaban una canción de hilanderas: la balada de Doette la Bella, que sentada bajo el blanco espino, espera y añora a Doon, su amigo, tan tardo en venir. Tristán las saludó y ellas lo saludaron. Luego ambos caballeros se sentaron junto a ellas. Kaherdin, mostrando la estola que bordaba su madre, dijo a Tristán:

—Ved, mi buen amigo Tristán, qué manos tiene mi señora madre; cómo borda a maravillas estolas y casullas, para dar limosna a las iglesias pobres. Ved cómo los dedos de mi hermana hacen correr los hilos de oro por este blanco terciopelo. A fe mía, bella hermana, con justicia os llaman Isolda la de las Blancas Manos.

Entonces Tristán, al saber que se llamaba Isolda, sonrió y la miró con más dulzura.

Ahora bien, el conde Riol había levantado campamento a tres millas de Carhaix, y por mucho tiempo los hombres de Hoel no habían osado franquear la barrera para atacarlos. Pero al día siguiente de su llegada, Tristán, con Kaherdin y doce caballeros, calados los yelmos y ceñidas las cotas de malla, salieron de Carhaix y cabalgaron bajo los bosques de abetos hasta las cercanías del campamento enemigo. Luego salieron de su escondrijo y se apoderaron por la fuerza de un carro del conde Riol. A partir de ese día, atacaban los convoyes, malherían y mataban hombres, y nunca regresaron a Carhaix sin llevar botín.

Debido a todo esto, Tristán y Kaherdin comenzaron a quererse y a confiar el uno en el otro, y se juraron camaradería y amistad. Nunca rompieron este juramento, como esta historia os lo dirá.

Al volver de sus correrías, hablando de caballería y gentileza, Kaherdin alababa siempre a su amada hermana Isolda la de las Blancas Manos, la simple, la bella.

Una mañana, al despuntar el alba, un centinela de la torre bajó de prisa y corrió por las salas, gritando:

—¡Señores, habéis dormido demasiado! ¡Levantaos, que viene Riol a atacarnos!

Los caballeros y los villanos se armaron y corrieron a la muralla: vieron a lo lejos, en la llanura, brillar los yelmos, flotar los pendones; eran las huestes de Riol, que avanzaban con marcial ropaje. El duque Hoel y Kaherdin desplegaron ante las puertas del castillo a la vanguardia de caballeros. Cuando el enemigo estuvo a tiro de arco, arremetieron a lanza baja y las flechas llovían sobre este, como lluvia de abril.

Tristán ya está armándose junto con los últimos en despertar a la voz del centinela. Se amarra las calzas, las perneras y las espuela de oro, se ciñe la cota de malla sobre el jubón, se cala el yelmo sobre la gorguera, espolea su caballo y aparece con el escudo apretado contra su pecho, gritando: "¡Carhaix, a ellos!"

Llega muy a tiempo, pues los hombres de Hoel ya retroceden hacia las puertas.

Qué hermoso fue ver la zalagarda de caballos caídos, vasallos malheridos, los mandobles de los caballeros y la hierba ensangrentada a su paso.

Delante de todos, Kaherdin se detiene fieramente al ver que arremete contra él un osado barón, hermano del conde Riol. Chocan sus lanzas bajas. El nantés rompe la suya sin derribar a Kaherdin, quien, con un golpe más certero, despedaza el escudo de su adversario y le hunde la bruñida lanza hasta el gallardete en el costado. Levantado de su silla, el caballero pierde los estribos y cae.

Al grito de su hermano, el conde Riol arremete contra Kaherdin a toda rienda. Pero Tristán le corta el paso. En el choque, la lanza de Tristán se rompe en la empuñadura, y la lanza de Riol da en la pechera del caballo enemigo, penetra en las carnes y mata al animal. Tristán se levanta rápido, con la bruñida espada en la mano.

—¡Cobarde —exclama—. ¡Mala suerte tenga el que deja a salvo al caballero y malhiere al caballo! ¡No saldréis vivo de este campo!

—Mentís, a lo que creo —repone Riol, echándole encima el caballo. Pero Tristán esquiva el ataque, y levantando el brazo deja caer pesadamente el acero sobre el yelmo de Riol, volándole el nasal y la cimera. La lanza resbala y da en el flanco del caballo, que trastabilla y cae. Riol sale de debajo de su corcel y enfrenta de nuevo a Tristán. Cara a cara están ahora, a pie, con el escudo roto, la cota de malla agujereada. Se traban en lucha cuerpo a cuerpo; Tristán da un mandoble tan fuerte al yelmo de su adversario, que lo arroja al suelo de bruces.

—¡Levantaos, vasallo, en mala hora vinisteis a este campo; habéis de morir!

Riol vuelve a levantarse, pero Tristán lo derriba nuevamente de un mandoble tan fuerte, que le parte el yelmo y le descubre el cráneo. Riol pide misericordia, y Tristán recibe su espada. La toma a tiempo, pues ya acuden los nanteses de todas partes al rescate de su señor. Pero este ya se había rendido.

Riol prometió dirigirse a la prisión del duque Hoel, prestarle nuevamente juramento de sumisión y lealtad, y restaurar los pueblos y las villas diezmadas. Por orden suya la batalla cesó y sus huestes se alejaron.

Cuando los vencedores hubieron regresado a Carhaix, Kaherdin dijo a su padre:

—Señor, enviad por Tristán y retenedlo; no hay mejor caballero y nuestro país necesita a tan osado barón.

El duque Hoel se aconsejó con sus hombres y llamó a Tristán:

—Amigo —le dijo—, mucho os quiero, pues habéis salvado esta tierra. Quiero pagaros lo que habéis hecho por mí. Mi hija, Isolda la de las Blancas Manos, es de linaje de duques, reyes y reinas. Tomadla, os la doy.

—Señor, la tomo —dijo Tristán.

¡Ah, señores, por qué dijo esas palabras!

Esas palabras le iban a costar la vida.

El día está fijado. El duque llega con sus amigos y Tristán con los suyos. El capellán canta la misa. Delante de todos, a las puertas de la iglesia, Tristán se desposa con Isolda la de las Blancas Manos, según la ley de la Santa Iglesia.

Las bodas fueron fastuosas. Pero, al llegar la noche, mientras los hombres de Tristán lo despojaban de sus vestiduras, sucedió que al sacarle la estrecha manga del jubón, dejaron caer el anillo de jaspe verde. El anillo de Isolda la Rubia cayó con claro sonido sobre las baldosas. Tristán lo ve, despierta su antiguo amor y se percata de su falta. Recuerda el día en que Isolda la Rubia le había dado el anillo: fue en el bosque, donde había llevado por él tan áspera vida. Ahora, acostado junto a la otra Isolda, ve de nuevo el bosque de Morois. ¿Qué insensatez le llevó a acusar a su amiga de traición? No; ella sufre por él y él la ha traicionado. Compadece también a su mujer, la sencilla, la bella Isolda. A ambas les ha sido desleal.

Isolda la de las Blancas Manos se extrañaba al oírlo suspirar a su lado. Y le dijo, algo avergonzada:

—Caro señor, ¿os he ofendido en algo? ¿Por qué no me dais un solo beso? Decídmelo, para conocer mi falta, y si puedo haré buena enmienda de ella.

—Amiga, no os entristezcáis por lo que os diré; pero habéis de saber que he hecho un voto. Otrora, en otro país, combatí con un dragón, y estaba a punto de morir, cuando me acordé de la Madre de Dios; le prometí que, si me hacía la merced de librarme del monstruo, me abstendría durante un año de abrazar a mi esposa.

—Entonces —dijo Isolda la de las Blancas Manos— lo soportaré de buen grado.

Pero, cuando las criadas le trajeron por la mañana la toca de las casadas, sonrió tristemente, pensando que no tenía derecho a aquel adorno.

XVII
KAHERDIN

Pocos días después, el duque Hoel, su senescal con todos sus monteros, Tristán, Isolda la de las Blancas Manos y Kaherdin salieron juntos del castillo para ir de caza. Por una angosta senda, Tristán cabalgaba a la izquierda de Kaherdin, que llevaba por la brida el palafrén de Isolda la de las Blancas Manos. Al pasar por una charca, el caballo de Isolda tropezó, salpicándole los vestidos y dejándola toda mojada; ella sintió el frío hasta más arriba de la rodilla. Dio un leve grito, y de un espolazo sacó al caballo de la charca; se echó luego a reír con tantas ganas, que Kaherdin galopó hacia ella y le preguntó:

—Mi bella hermana, ¿por qué reís?

—Porque me vino una idea, hermano. Cuando me salpicó el agua, le dije: "Agua, eres más osada de lo que fue el osado Tristán". Por eso reía. Pero ya he hablado demasiado, hermano, y me arrepiento de ello.

Extrañado, Kaherdin la urgió tanto a hablar, que al fin Isolda le dijo la verdad acerca de sus bodas.

En eso Tristán se les unió, y los tres cabalgaron en silencio hasta el pabellón de caza. Allí Kaherdin llamó aparte a Tristán.

—Señor Tristán —le dijo-, mi hermana me ha confesado la verdad acerca de sus bodas. Yo os consideraba par y compañero. Pero habéis sido desleal y habéis deshonrado mi casa. Ahora, si no me hacéis justicia, consideraos por desafiado.

Tristán repuso:

—Sí, para vuestra desgracia he venido aquí. Pero oíd mis congojas, buen amigo y compañero, y quizá se apacigüe vuestro corazón. Habéis de saber que tengo otra Isolda, bella entre las bellas, que ha sufrido y sufre por mí muchos dolores. Ciertamente, vuestra hermana me ama y me honra; pero, por amor a mí, la otra Isolda honra más a un perro regalado por mí que vuestra hermana a su esposo. Venid, dejemos la cacería, seguidme adonde os lleve: os contaré las miserias de mi vida.

Tristán volvió grupas y espoleó su caballo. Kaherdin siguió sus huellas. Sin hablar palabra, se internaron hasta lo recóndito del bosque. Allí Tristán le reveló a Kaherdin el secreto de su vida. Le contó cómo en alta mar había bebido el filtro del amor y la muerte. Le relató la traición de los barones y del enano; le contó cómo llevaron a Isolda a la hoguera, la entregaron a los leprosos, y sus amores en la foresta virgen; cómo la había devuelto al rey Marés, y cómo, después de dejarla, había querido amar a Isolda la de las Blancas Manos; y cómo ahora sabía que le era imposible vivir ni morir sin la reina.

Kaherdin guarda silencio, extrañado. Siente que, a pesar suyo, amaina su cólera.

—Amigo —dice por fin—, extraño es lo que oigo. Habéis movido mi corazón a piedad, pues habéis sufrido tales quebrantos, ¡que Dios nos guarde de ellos! Volvamos a Carhaix; dentro de tres días, si puedo, os diré qué pienso.

En Tintagel, en su aposento, Isolda la Rubia suspira por Tristán y lo llama. Amarlo siempre; solo en eso piensa, solo eso espera y quiere. En él tiene puestos todos sus deseos, y ya van dos años que nada sabe de él. ¿Dónde está? ¿En qué país? ¿Vive aún?

En su aposento, Isolda la Rubia está sentada y canta una triste balada. Esta narra cómo Guron fue sorprendido y muerto por amor a su dama, a quien amaba por sobre todo, y cómo, engañosamente, el conde dio a comer a la mujer de Guron el corazón de este, y el dolor de ella.

La reina canta dulcemente; su voz armoniza con la del arpa. Hermosas son sus manos, bella la balada, el tono bajo y la voz suave.

Aparece entonces Kariado, un poderoso conde de una isla lejana. Había venido a Tintagel para ofrecer a la reina sus servicios, y desde la partida de Tristán había buscado muchas veces los favores de Isolda. Pero la reina lo rechazaba, pues sus requerimientos le parecían insensatos.

Era un gallardo caballero, altanero y orgulloso, de alegre charla, pero valía más en los aposentos de las damas que en la lid.

Encontró a Isolda cantando su balada de amor. Le dijo, riendo:

—Señora, ¡qué triste canción! Triste como el canto de la zumaya. ¿No se dice que la zumaya canta para anunciar la muerte? Sin duda, es mi muerte la que anuncia vuestro canto, pues muero de amor por vos.

—Me place —dijo Isolda— que mi canto anuncie vuestra muerte, pues nunca entráis aquí sin traerme una noticia dolorosa. Vos habéis sido siempre el ave de mal agüero que habla mal de Tristán. ¿Qué otra mala nueva me traéis hoy día?

Kariado respondió:

—Reina, estáis irritada, y no sé por qué; sería locura conmoverse por vuestras palabras. No me importa que vuestra canción me anuncie la muerte; pero oíd la mala nueva que os trae el ave de mal agüero. Habéis perdido a Tristán, vuestro amigo, señora Isolda. Ha tomado mujer en otras tierras. Ahora podréis buscar otros amos, pues él desdeña ser el vuestro. Tomó por mujer con mucha honra a Isolda la de las Blancas Manos, hija del duque de Bretaña.

Kariado se retira, colérico. Isolda la Rubia inclina la cabeza y rompe a llorar.

Tres días después, Kaherdin llama a Tristán y le dice:

—Amigo, me he aconsejado con mi corazón. Sí, si me habéis dicho la verdad, la vida que lleváis es una locura, y no es para vuestro bien ni para el de Isolda la de las Blancas Manos. Oíd, pues, lo que me propongo hacer. Navegaremos juntos a Tintagel: veréis a la reina y sabréis si aún os recuerda y os es fiel. Si os ha olvidado, quizá os será más cara mi hermana Isolda, sencilla, la hermosa. Yo os seguiré: ¿no soy acaso vuestro par y compañero?

—Hermano —dijo Tristán—, bien se dice: "El corazón de un hombre vale el oro de un país".

Muy luego, Tristán y Kaherdin tomaron el báculo y la capa de peregrinos, como si quisieran visitar santos lugares en tierras lejanas. Se despidieron del duque Hoel. Tristán llevaba consigo a Gorvenal y Kaherdin a un solo escudero. Equiparon secretamente una nave y los cuatro partieron a Cornualles.

El viento les fue propicio, y una mañana, antes del alba, desembarcaron en una ensenada desierta, a pocas leguas de Tintagel, cerca del castillo de Lidan. Allí esperaban que el buen senescal Dinas de Lidan ocultara su llegada y los albergara.

Al despuntar el alba, cuando los cuatro compañeros trepaban hacia Lidan, vieron a un hombre que, al paso lento de su caballo, les iba a la siga por el mismo camino. Se ocultaron rápidamente en la espesura y el hombre pasó sin verlos, pues dormitaba sobre su silla. Tristán lo reconoció.

–Hermano –dijo muy quedo a Kaherdin–, es el propio Dinas de Lidan. Él duerme. Sin duda, vuelve a casa de su amiga y aún sueña con ella: no sería gentil despertarlo, pero seguidme de lejos.

Alcanzó a Dinas, tomó suavemente por la brida a su caballo y caminó sin ruido a su lado. Al fin, un tropezón del caballo despertó al durmiente. Abre los ojos, ve a Tristán, vacila:

–¡Sois vos, sois vos, Tristán! ¡Dios bendiga esta hora en que os veo de nuevo! ¡Tanto tiempo la he esperado!

–¡Amigo, Dios os salve! ¿Qué nuevas me dais de la reina?

–¡Ay de mí, tristes nuevas! El rey la ama y quiere darle alegría; pero desde vuestro exilio, ella languidece y llora por vos. ¡Ah! ¿Para qué volver junto a ella? ¿Queréis su muerte y la tuya? Tened piedad de la reina, Tristán. ¡Dejadla sola!

–Amigo, hacedme un favor: escondedme en Lidan; llevadle mi mensaje y haced que la vea una vez, ¡tan solo una vez!

Dinas repuso:

–Me apiado de mi señora, y no le daré vuestro mensaje hasta cuando sepa que aún os es más cara que todas las mujeres.

–¡Ah, señor! Decidle que la amo más que a ninguna mujer, y diréis la verdad.

–Seguidme entonces, Tristán; os ayudaré.

En Lidan, el senescal albergó a Tristán, a Gorvenal y a Kaherdin con su escudero, y cuando Tristán le hubo contado punto por punto las aventuras de su vida, Dinas fue a Tintagel a conocer las nuevas de la corte. Supo que dentro de tres días la reina Isolda, el rey Marés, toda su mesnada, sus cazadores y escuderos abandonarían Tintagel para establecerse en el castillo de Blanche-Lande, donde se preparaban grandes cacerías. Tristán entregó entonces al senescal su anillo de jaspe verde y el mensaje que debía dar a la reina.

XVII
DINAS DE LIDAN

Volvió Dinas a Tintagel, subió las gradas de la sala de estar y entró en ella. El rey Marés e Isolda la Rubia jugaban ajedrez. Dinas se sentó en un escabel junto a la reina, como si quisiera observar su juego, y dos veces, fingiendo indicarle las piezas, puso la mano en el tablero; la segunda vez, Isolda reconoció el anillo de Tristán. Ya no pudo seguir jugando; golpeó suavemente el brazo de Dinas, de tal forma que se cayeron algunas piezas.

–Ved, senescal –dijo–, habéis echado a perder esta partida del juego, y ya no podré reanudarlo.

Marés abandona la sala, Isolda se retira a su aposento y hace llamar al senescal:

–Amigo, ¿sois mensajero de Tristán?

–Sí, reina; él está en Lidan, oculto en mi castillo.

–¿Es cierto que ha tomado mujer en Bretaña?

–Reina, os han dicho la verdad. Pero afirma que no os ha traicionado, que ni un solo día ha dejado de quereros más que a ninguna mujer, que morirá si no vuelve a veros… aunque sea una sola vez. Os intima a acceder, por la promesa que le hicisteis la última vez que os habló.

La reina calló un rato, pensando en la otra Isolda. Finalmente repuso:

–Sí, recuerdo; la última vez que me habló le dije: "Si alguna vez vuelvo a ver el anillo de jaspe, ni torre, ni fortaleza, ni prohibición real me impedirán hacer la voluntad de mi amigo, sea cuerda o insensata".

–Reina, dentro de dos días la corte abandonará Tintagel para dirigirse a Blanche-Lande. Tristán os manda decir que se esconderá entre unas zarzas junto al camino. Os implora que os apiadéis de él.

–Ya os lo dije: ni torre, ni fortaleza, ni prohibición real me impedirán hacer la voluntad de mi amigo.

Al día subsiguiente, mientras la corte del rey Marés se aprestaba a partir de Tintagel, Tristán y Gorvenal, Kaherdin y su escudero, vistieron sus cotas de mallas, tomaron sus espadas y sus escudos, y por sendas ocultas se dirigieron al lugar convenido.

Dos rutas llevaban a través del bosque hasta Blanche-Lande: una, hermosa y bien apisonada, por la que pasaría el cortejo; otra, pedregosa y abandonada. Tristán y Kaherdin apostaron en esta a sus escuderos, quienes los esperarían en aquel paraje cuidando cabalgaduras y escudos. Ambos se escondieron luego entre unos matorrales, junto a la carretera real. Frente a su escondite, Tristán colocó sobre el camino una rama de avellano enlazada a un tallo de madreselva.

Pronto aparece el cortejo por el camino. Primero viene la comitiva del rey Marés. Avanzan en gallarda procesión furrieles y albéitares, marmitones y ayudantes; luego los capellanes, los monteros con sabuesos y lebreles; después los halconeros, con sus pájaros en el puño izquierdo; luego los batidores, seguidos de los barones y caballeros. Van a paso mesurado, de a dos en fondo, y es hermoso verlos, con sus caballos ricamente enjaezados de terciopelo sembrado de orfebrería. Luego pasa el rey Marés, y Kaherdin se maravilla al ver a sus privados, dos a cada lado, vestidos de oro y escarlata.

Le sigue el cortejo de la reina. Camareras y lavanderas lo encabezan, tras las cuales avanzan las mujeres e hijas de los barones y condes. Pasa una tras otra; un joven caballero escolta a cada una de ellas. Finalmente se acerca un palafrén montado por la mujer más hermosa que Kaherdin haya visto jamás: es de bello cuerpo y bien parecida, baja de caderas, bien perfiladas las cejas, risueños los ojos y menudos los dientes; viste terciopelo rojo y una fina diadema de oro y pedrería le ciñe la bien cincelada frente.

—Es la reina –dice Kaherdin en voz baja.

—¿La reina? –contesta Tristán–. No, es Camila, su criada.

Pasa entonces, en un palafrén gris, otra doncella, más blanca que la nieve de febrero, más roja que una rosa; titilan sus ojos como estrellas en la fuente.

—¡Ahora sí! –exclama Kaherdin–. ¡Esta es la reina!

—Aún no –dice Tristán–. Es Brangien la Fiel.

Y de pronto se ilumina el camino, cual si cayera el sol entre el follaje, y aparece Isolda la Rubia. El duque Andret, ¡maldígalo Dios!, cabalga a su lado.

En ese instante se levanta del matorral un canto de alondras; Tristán pone toda su ternura en la melodía. La reina comprende el mensaje de su amigo. Ve sobre el camino la rama de avellano con el tallo de madreselva fuertemente enlazado, y piensa: "Así estamos nosotros, amigo; ni vos sin mí ni yo sin vos". Detiene su palafrén, desmonta y se dirige hacia una hermosa jaca que llevaba una casita cubierta de pedrerías; allí, sobre un tapiz de púrpura, permanecía echado el perrito Cru; lo toma en brazos, lo acaricia, lo frota contra su mano de armiño y le hace fiestas. Después lo deposita nuevamente en su perrera, se vuelve hacia el matorral, y dice en voz alta:

—Pájaros de este bosque, me habéis regocijado con vuestras canciones; sois dignos de alabanzas. Mientras mi señor Marés cabalga hasta Blanche-Lande, deseo quedarme en mi castillo de Saint-Lubin. Pajarillos, escoltadme hasta allá. Esta tarde os recompensaré generosamente como a buenos troveros.

Tristán escucha estas palabras y se alegra. Pero ya Andret el Felón empieza a inquietarse. Hace montar nuevamente a la reina, y el cortejo se aleja.

Escuchad ahora un desgraciado suceso. Mientras pasaba el cortejo real, en el otro camino, Gorvenal y el escudero de Kaherdin cuidaban los caballos de sus señores. Apareció de pronto un caballero armado, cuyo nombre era Bleheri. Reconoció de lejos a Gorvenal y el escudo de Tristán. "¿Qué veo? —pensó—. Es Gorvenal, y el otro es el propio Tristán". Espoleó su caballo hacia ellos y gritó: —¡Tristán!— Pero ya los escuderos habían vuelto grupas y huían. Bleheri, persiguiéndolos, gritaba:

—¡Tristán, deteneos! ¡Os lo ruego, deteneos!

Pero los escuderos siguieron corriendo. Gritó entonces Bleheri:

—¡Tristán, deteneos; os lo ruego por Isolda la Rubia!

Tres veces rogó a los fugitivos que se detuvieran en nombre de Isolda la Rubia. Vanamente; ambos desaparecieron y Bleheri solo pudo capturar uno de sus caballos, que se llevó como presa.

Llegó al castillo de Saint-Lubin en el momento en que la reina acababa de instalarse en él. Encontrándola sola, le dijo:

—Reina, Tristán está en esta comarca. Lo he visto en el camino abandonado que lleva a Tintagel. Se dio a la fuga. Tres veces le he rogado que se detuviera en nombre de Isolda la Rubia. Pero tuvo miedo y no osó esperarme.

—Señor, decís mentira e insensatez. ¿Cómo podría estar aquí Tristán? ¿Cómo puede haber huido de vos, sin detenerse, cuando se lo rogasteis en mi nombre?

—Y con todo, señora, lo he visto. Como prueba, ved allí uno de sus caballos.

Bleheri vio que Isolda se entristecía. Se dolió por ello, pues amaba a Tristán y a la reina. La dejó, lamentándose haberle hablado.

Lloró entonces Isolda, y se dijo: "¡Infeliz de mí! He vivido demasiado, pues he visto el día en que Tristán me huye y me deshonra. Antes, al oír mi nombre, hubiera enfrentado a cualquier enemigo. Es valeroso, y si ha huido al ver a Bleheri, es porque la otra Isolda se ha posesionado de él. ¿Para qué habrá vuelto? Me había traicionado y ahora desea deshonrarme, por añadidura. ¿No le bastaban los dolores que he pasado? ¡Que regrese, también deshonrado, donde Isolda la de las Blanca Manos!"

Llamó a Perinis el Fiel y le contó las nuevas que había traído Bleheri. Agregó:

—Amigo, buscad a Tristán en el camino abandonado que va de Tintagel a Saint-Lubin. Le diréis que no le envío mis saludos, y que si tiene la osadía de acercarse, le haré expulsar por mis criados.

Buscó Perinis hasta encontrar a Kaherdin y Tristán. Les dio el mensaje de la reina.

—¡Hermano! —exclamó Tristán—. ¿Qué habéis dicho? ¿Cómo hubiera podido huir de Bleheri, si, como veis, ni siquiera tenemos nuestros caballos? Gorvenal y su escudero los cuidaban. No los encontramos en el lugar fijado, y aún los buscamos.

Volvieron en ese instante Gorvenal y el escudero de Kaherdin y confesaron su aventura.

—Perinis, mi buen amigo —dijo Tristán—. Volveos de prisa donde vuestra ama. Decidle que le envío mi amor y mi saludo, y que no le he sido desleal; que la amo más que a todas las mujeres; decidle que os vuelva a enviar con su perdón. Yo esperaré aquí hasta que volváis.

Perinis regresó al castillo de su ama y le contó lo que había visto y oído. Pero ella no le creyó.

—¡Ah, Perinis, valido y fiel criado mío, a quien mi padre destinó desde pequeño a mi servicio! Tristán el hechicero os ha ganado con sus mentiras y regalos. ¡También vos me habéis traicionado; idos!

Perinis se arrodilló a sus pies.

—Señora —dijo—, duras palabras oigo. Nunca en mi vida sufrí una pena tan grande. Pero poco importa mi persona. Sufro por vos, señora, pues ultrajáis a mi señor Tristán y os arrepentiréis cuando ya sea demasiado tarde.

—¡Vete, no os creo! ¡Vos también, Perinis, Perinis el Fiel, me habéis traicionado!

Tristán esperó largo tiempo a Perinis, que le traería el perdón de la reina. Pero Perinis no apareció.

Por la mañana, Tristán se envuelve en un manto andrajoso, pinta su rostro a manchas rojas y verdosas, de manera que parece un enfermo roído por la lepra. Toma un cuenco de madera para recoger limosnas y una matraca de apestado.

Se va por las calles de Saint-Lubin, y desfigurando la voz, pide limosna a los transeúntes. ¿Acaso podría divisar a la reina?

Sale al fin Isolda de su castillo; Brangien y sus doncellas, criadas y guardianes la acompañan. Toman el camino de la iglesia. El leproso sigue a los criados, hace sonar su matraca, suplica con voz doliente:

—¡Reina, hacedme una caridad; no sabéis cuán miserable soy!

Por su hermosa y alta figura Isolda lo reconoce. Se estremece, pero no se digna bajar sus ojos hacia él.

Implora el leproso, y es desgarrador oírlo; se arrastra en pos de ella.

—Reina, no os encolericéis si me atrevo a acercarme a vos. Apiadaos de mí, que bien lo merezco.

Pero la reina llama a sus criados y guardianes:

—¡Ahuyentad a este roñoso! —les ordena.

Los criados lo repelen a golpes. Él se resiste, gritando:

—¡Reina, tened piedad de mí!

Isolda lanzó entonces una risotada y aún reía cuando entró en la iglesia. Al oírla reír, el leproso se alejó. La reina dio unos pasos por la nave de la iglesia, pero sus piernas flaquearon, cayó de rodillas y dejó caer la cabeza sobre las baldosas.

Aquel mismo día se despidió Tristán de Dinas, con tan gran dolor, que parecía enloquecido, y partió en su nave rumbo a Bretaña.

¡Ay! Pronto se arrepintió la reina. Cuando supo por Dinas de Lidan que Tristán había partido tan abatido, comenzó a creer que Perinis le había dicho la verdad, que Tristán no había huido cuando le suplicaron detenerse en su nombre, y que había sido un error rechazarlo.

"Os he rechazado, Tristán, amigo —pensaba—. Ahora me odiaréis y nunca volveréis a verme. Nunca sabréis que me he arrepentido, ni conoceréis el castigo que me impondré y os ofreceré como insignificante prenda de mi contrición".

Desde aquel día, en castigo por su error e insensatez, Isolda la Rubia se colocó un cilicio y lo llevó junto a su cuerpo.

XVIII
LA LOCURA DE TRISTÁN

Tristán vio nuevamente Bretaña, vio Carhaix, al duque Hoel y a su propia mujer, Isolda la de las Blancas Manos. Todos le dieron la bienvenida, pero como Isolda la Rubia lo había despechado, ya nada le importaba. Largo tiempo languideció lejos de ella. Hasta que un día decidió volver a verla, aunque tuviera que dejarse golpear vilmente por sus criados y guardianes. Sabía que lejos de ella moriría de seguro muy pronto; pero más valía morir súbitamente que tras larga agonía. Quien vive sufriendo ya está muerto. Tristán desea la muerte, quiere la muerte: pero que la reina sepa que muere por ella; de esa manera le es menos doloroso el morir.

Parte de Carhaix sin advertir a nadie, ni a sus parientes, ni a sus amigos, ni siquiera a Kaherdin, su amado compañero. Viaja míseramente ataviado, a pie, pues a nadie le importan los pobres vagabundos que van por las carreteras. Camina hasta llegar a la ribera del mar.

En el puerto se aparejaba una gran nave mercante; ya izaban los marineros las velas y levaban anclas para singlar hacia alta mar.

—¡Dios os guarde, señores, y os dé un viaje feliz! —dijo Tristán—. ¿Hacia qué país iréis?

—Hacia Tintagel.

—¡Hacia Tintagel! ¡Ah, señores, llevadme con vosotros!

Se embarca. Un viento propicio infla las velas, corre la nave sobre las ondas. Durante cinco días y cinco noches navega derecho hacia Cornualles, y al sexto día echan anclas en el puerto de Tintagel.

Más allá del puerto, el castillo se alzaba recto sobre el mar, cercado por fuertes murallas. Solo se podía entrar en él por una puerta de hierro, que dos caballeros custodiaban día y noche. ¿Cómo penetrar allí?

Tristán descendió de la nave y se sentó en la ribera. Supo por un hombre que pasaba que Marés estaba en el castillo y que acababa de dar audiencia a sus vasallos.

—Pero, ¿dónde está la reina? ¿Y Brangien, su hermosa criada?

—También en Tintagel, y las he visto recientemente. La reina Isolda parecía triste, como de costumbre.

Al oír el nombre de Isolda, Tristán suspiró y pensó que ni con astucia ni con valor conseguiría ver de nuevo a su amiga, pues el rey Marés le daría muerte.

"Pero, ¿qué importa que me mate? –pensaba–. Isolda, ¿acaso no debo morir por vos? ¿Y qué hago día a día, sino morir? Y vos, Isolda, si supierais que estoy aquí, ¿os dignaríais tan solo hablar con vuestro amigo? ¿No me haríais expulsar por vuestros guardianes? Sí, probaré un ardid. Me disfrazaré de loco, y habrá gran cordura en mi insensatez. Me tendrán por lunático quienes son menos cuerdos que yo, y falto de juicio seré para quien tiene su casa llena de locos".

Pasaba un pescador vestido de burdo manto y de un gran capuchón. Tristán lo ve, lo llama y le habla:

–Amigo, ¿queréis cambiar vuestros vestidos por los míos? Dadme vuestra saya, que me agrada mucho.

El pescador miró los vestidos de Tristán, los encontró mejores que los propios, los cambió y se fue rápido, contento del trueque.

Tristán cortó entonces sus hermosos cabellos rubios al rape, tonsurándose en forma de cruz. Untó su rostro con un ungüento hecho de hierbas mágicas traído de su tierra, e inmediatamente cambiaron el color y el aspecto de su rostro, de tal modo, que nadie habría podido reconocerlo. Arrancó de un seto un vástago de castaño, se hizo una clava y se la colgó al cuello. Luego, a pie desnudo, se encaminó recto al castillo.

Uno de los guardias de la puerta del castillo lo creyó loco.

—Acercaos —le dijo-,¿dónde habéis estado tanto tiempo?

Tristán desfiguró la voz y repuso:

—En las bodas del abad de Mont, que es uno de mis amigos. Se casó con una abadesa, una voluminosa dama que tomó el velo. De Besançon hasta Mont, fueron convidados a la boda todos los sacerdotes, abades, monjes y clérigos ordenados. Y allí, llevando báculos y cruces, todos están retozando y bailando a la sombra de los grandes árboles. Pero los he dejado, pues tengo que servir a la mesa del rey.

El guardia dijo:

—Entrad, pues, hijo de Urgano el Velludo; sois grande y velludo como él, y os parecéis bastante a vuestro padre.

Cuando entró en la villa, jugando con su maza, criados y escuderos se agolparon a su alrededor, persiguiéndolo como a un lobo:

—¡Ved al loco! ¡Uu, uu, uu!

Le arrojan piedras, lo muelen a bastonazos; pero él les hace frente y, fingiendo defenderse, se deja golpear. Si lo atacan por la izquierda, se da vuelta y golpea por la derecha.

Entre risas y rechiflas, llevando tras sí a la muchedumbre alborotada, llegó al umbral de la puerta de la sala de audiencias, donde el rey Marés estaba sentado bajo palio junto a la reina. Colgó la maza a su cuello y entró en la sala:

El rey lo ve y dice:

—He aquí un buen compañero. ¡Traédmelo!

Se lo llevan, con su maza al cuello.

—Amigo —dice el rey—, bienvenido seáis.

Tristán respondió con voz fingida:

—Señor, noble y bueno entre los reyes, sabía que mi corazón se llenaría de ternura al veros. ¡Dios os proteja, buen señor!

—Amigo, ¿qué habéis venido a buscar aquí?

—A Isolda busco, a quien tanto he amado. Os traigo a mi hermana, la hermosa Brunehaut. Ya estáis aburrido de la reina, probad a mi hermana. Hagamos el cambio: yo os doy a mi hermana y vos me dais a Isolda. Yo la tomaré y os serviré con amor.

Riose el rey y dijo al loco:

—¿Qué haréis con la reina, si os la doy? ¿Adónde la llevaréis?

—Allá arriba, entre el cielo y las nubes, a mi bella casa de vidrio. El sol la atraviesa con sus rayos, los vientos no pueden derribarla. Llevaré a la reina a un aposento de cristal, lleno de rosas floridas, brillante al sol naciente.

El rey y los barones se dijeron:

—He aquí un buen loco, hábil en palabras.

El loco se había sentado en una alfombra y miraba tiernamente a Isolda.

—Amigo —le dijo Marés—, ¿por qué tenéis la esperanza de que mi señora ponga los ojos en un loco repugnante como vos?

—Señor, tengo buen derecho a ello: he llevado a cabo más de una empresa por ella, y a causa de ella he enloquecido.

—¿Quién sois vos?

—Soy Tristán, el que tanto amó a la reina, y la amará hasta la muerte.

Al oír ese nombre, Isolda suspiró, palideció, y encolerizada le dijo:

—¡Idos! ¿Quién te hizo entrar aquí? ¡Idos, insensato!

Vio el loco que estaba colérica, y dijo:

—Reina Isolda, ¿no recordáis el día en que, malherido por la espada envenenada del Morholt, premunido de mi arpa me llevó el océano hasta vuestras riberas? Vos me curasteis. ¿Ya no lo recordáis, reina?

Isolda repuso:

—¡Idos de aquí, loco! ¡Ni vos ni vuestros juegos me agradan!

De pronto el loco se volvió hacia los barones y los corrió hacia la puerta, gritando:

—¡Gente insensata, fuera de aquí! Dejadme hablar a solas con Isolda, pues vine aquí para amarla.

El rey rió e Isolda enrojeció.

–¡Señor –exclamó–, echad fuera a este loco!

Pero el loco repuso con su extraña voz:

–Reina Isolda, ¿no recordáis el gran dragón que maté en vuestras tierras? Escondí la lengua en mi calza, y, roído por el veneno, caí junto a una ciénaga. Yo era entonces un gran caballero, y esperaba la muerte cuando me socorristeis.

Isolda repuso:

–Callaos, insultáis a los caballeros, pues no sois más que un insensato. ¡Malditos sean los marineros que os trajeron aquí en vez de echaros al mar!

Soltó el loco una risotada y prosiguió:

–Reina Isolda, ¿no recordáis el baño donde queríais matarme con mi espada? ¿Y el cuento del cabello de oro que os apaciguó? ¿No recordáis cómo os defendí contra el senescal cobarde?

–¡Callad, maligno embustero! ¿Por qué venís aquí a soltar tus patrañas? Estabais ebrio anoche, sin duda, y la embriaguez os hizo soñar.

–Es cierto, estoy ebrio, y de tal bebida que jamás se disipará mi embriaguez. Reina Isolda, ¿no recordáis aquel hermoso y cálido día en alta mar? Teníais sed, ¿no os acordáis, princesa? Bebimos ambos del mismo vaso. Desde entonces estoy siempre ebrio de malaventurada embriaguez.

Al oír Isolda estas palabras, que solo ella podía comprender, se cubrió la cabeza con su manto, se levantó y quiso irse. Pero el rey la retuvo por su capa de armiño y la obligó a volver a sentarse a su lado.

—Aguardad un instante, Isolda amiga. Oigamos estas locuras hasta el fin. Loco, ¿qué oficio conocéis?

—He servido a reyes y condes.

—¿Sabéis cazar con jauría? ¿Con pájaros?

—Por cierto, cuando me place batir el bosque, sé cazar, con mis lebreles, las grullas que vuelan sobre las nubes; con mis sabuesos, los cisnes, las ocas negras o blancas, y los pichones; con mi arco, los somorgujos y los alcaravanes.

Todos rieron a gusto.

—¿Y qué coges, hermano —preguntó el rey-, cuando cazas cerca del río?

—Todo lo que encuentro: con mis azores, cazo los lobos de los bosques y los grandes osos; jabalíes con mis gerifaltes; corzos y venados con mis halcones; zorros con mis gavilanes, y liebres con mis esmerejones. Y en casa de quien me albergue, sé jugar con mi clava, repartir los tizones entre los escuderos, templar mi arpa y cantar con música, amar a las reinas y echar en los arroyos pedacitos de corteza. ¿No es cierto que soy un maravilloso juglar? Habéis visto qué bien manejo mi bastón.

Y golpeó con su clava a su alrededor:

—¡Idos de aquí, señores cornualleses! —gritó—. ¿Para qué os quedáis? ¿No habéis comido ya? ¿No estáis saciados?

Después de divertirse con el loco, el rey pidió su corcel y sus halcones, y se fue de caza con sus caballeros y escuderos.

—Señor —le dijo antes Isolda—, me siento cansada y enferma. Permitidme ir a reposar a mis habitaciones. No puedo escuchar más tiempo estas locuras.

Se retiró pensativa a su aposento, se sentó en el lecho, y exclamó con gran dolor:

—¡Infeliz de mí! ¿Para qué habré nacido? Triste está mi corazón. Brangien, amiga querida, mi vida es tan áspera y dura, que más me valiera morir. Hay allí un loco tonsurado en cruz, que vino en mala hora; este insensato, este juglar, es mago o adivino, pues conoce los más recónditos secretos de mi vida; sabe lo que todos ignoran, excepto yo y Tristán. Lo sabe todo el muy bellaco, por sus hechicerías y sortilegios.

Brangien repuso:

—¿Y no será el mismo Tristán?

—No, pues Tristán es hermoso y el mejor de los caballeros, y este hombre es repugnante y contrahecho. ¡Dios lo maldiga! ¡Maldita sea la hora en que nació, y maldita la nave que lo trajo en vez de ahogarlo en alta mar!

—Calmaos, señora —dijo Brangien—. Ahora sabéis maldecir demasiado bien. ¿Dónde habéis aprendido tal cosa? ¿Y si ese hombre fuera un mensajero de Tristán?

—No lo creo, no lo reconocí. Pero id a verle, buena amiga; habladle, ved si lo reconocéis.

Brangien fue a la sala donde el loco estaba solo, sentado en un banco. Tristán la reconoció, dejó caer su maza y dijo:

—¡Brangien, mi buena Brangien, os suplico por Dios, tened piedad de mí!

—¡Horrible loco! ¿Quién diablo te ha enseñado mi nombre?

—Hace tiempo que lo aprendí, hermosa. Por mi cabeza, que antes fue rubia, si la razón huyó de ella fue por causa vuestra, hermosa. ¿No estaba a vuestro cuidado el brebaje que bebí en alta mar? Hacía calor y lo bebí en un bocal de plata, que luego pasé a Isolda. Solo vos lo supisteis, hermosa; ¿ya no lo recordáis?

—No —repuso Brangien—, y muy turbada corrió hacia el aposento de Isolda.

Pero el loco se precipitó tras ella, gritando: -¡Piedad!

Luego entra, ve a Isolda, se lanza hacia ella con los brazos abiertos, quiere estrecharla contra su pecho. Pero ella, avergonzada, empapada en angustioso sudor, retrocede, lo esquiva. Viendo que la reina evita acercársele, Tristán tiembla de vergüenza y cólera, retrocede hacia la pared, cerca de la puerta, y con voz fingida dice:

–Ciertamente he vivido demasiado, pues veo el día en que Isolda me rechaza, no se digna amarme, me tiene por vil. ¡Ah, Isolda, quien bien ama tarde olvida! Isolda, bella y preciosa cosa es un manantial abundoso que se derrama y corre en amplias y claras ondas; pero cuando se seca, ya nada vale: tal es el amor que se agota.

Isolda responde:

–Hermano, os miro, dudo, tiemblo, no sé, no reconozco a Tristán.

–Reina Isolda, soy Tristán, el que tanto os ha amado. ¿No recordáis al enano que desparramó harina entre nuestros lechos? ¿Y el salto que di, y la sangre que corrió de mi herida? ¿Habéis olvidado el presente que os hice, el perrito Cru del cascabel mágico? ¿No recordáis los bien cortados trozos de madera que yo arrojaba al arroyo?

Isolda lo mira, suspira, no sabe qué decir ni qué pensar; ve que este hombre lo sabe todo, pero sería locura reconocer que es Tristán.

–Mi reina y señora –continúa Tristán-, bien sé que os habéis apartado de mí y os acuso de traición. Conocí, sin ambargo, hermosos días en que me amasteis con gran amor. Fue en lo recóndito de la foresta, en la cabaña de ramas. ¿Os acordáis del día en que os di a mi buen perro Husdent? ¡Ah, él me ha amado siempre, y por mí abandonaría a Isolda la Rubia! ¿Dónde está? ¿Qué habéis hecho de él? Él, al menos, me reconocerá.

–¿Os reconocerá? ¡Qué insensateces habláis! Desde que partió Tristán no se ha movido de su casita y se abalanza sobre cualquier hombre que se le aproxime. Brangien, traédmelo.

Brangien lo trae.

–Ven acá, Husdent –dice Tristán–; eras mío y nuevamente lo serás.

Al oír Husdent su voz, arranca la traílla de manos de Brangien, corre hacia su amo, se revuelca a sus pies, le lame las manos, ladra de regocijo.

–¡Husdent! –exclama el loco–. ¡Benditas sean las fatigas que me dio el criarte! Me das mejor acogida que la que tanto amé. Ella no quiere reconocerme. ¿Reconocerá siquiera este anillo que un día me diera, entre llantos y besos, cuando nos separamos? Este anillito de jaspe verde jamás me ha dejado. Muchas veces le pedí consejos en mis dolores, a menudo mojé con mis cálidas lágrimas esta sortija.

Isolda ve el anillo. Abre ampliamente los brazos:

–¡Heme aquí! ¡Tómame, Tristán!

Entonces Tristán habló con su voz normal:

–Amiga, ¿cómo pudisteis desconocerme tanto tiempo, más tiempo que este perro? ¿Qué importa este anillo? ¿No creéis que me hubiera sido más dulce ser reconocido por el solo recuerdo de nuestros pasados amores? ¿Qué importa el sonido de mi voz? Debíais haber escuchado la voz de mi corazón.

—Amigo, quizá la he oído antes de lo que creéis; pero estamos en una maraña de celadas: no puedo, como este perro, seguir mi deseo, a riesgo de veros aprisionado y muerto ante mis ojos. Me cuidaba mucho y os cuidaba. Ni el recuerdo de vuestra vida pasada, ni el sonido de vuestra voz, ni este anillo son prueba de nada, pues bien pudieran ser malignas jugarretas de un encantador. Me rindo, sin embargo, ante este anillo. ¿No juré que, al verlo, aunque me perdiera, haría todo lo que me mandaseis, fuera cuerdo o insensato? ¡Cordura o insensatez, heme aquí; tomadme, Tristán!

Cayó desmayada en los brazos de su amigo. Cuando volvió en sí, Tristán la tenía abrazada y besaba sus ojos y su rostro. Luego, él apartó la cortina, llevando en brazos a la reina.

Para burlarse del loco, los criados lo alojaron bajo la escalinata de la sala de audiencias, como un perro en su perrera. Tristán soportaba pacientemente sus burlas y golpes, pues, a veces, recobrando su forma y su belleza, pasaba de su cuchitril al aposento de la reina.

Pero, pasados algunos días, dos camareras sospecharon de la situación. Advirtieron a Andret, que apostó frente a los aposentos de las mujeres tres espías bien armados. Cuando Tristán quiso entrar, estos le gritaron:

—¡Atrás, loco, volved a acostaros a vuestra yacija de heno!

—¿Por qué, señores, no puedo ir hoy a abrazar a la reina? ¿No sabéis que me ama y espera?

Tristán blandió su maza; los criados se atemorizaron y lo dejaron entrar. Tomó a Isolda en sus brazos:

—Amiga, debo huir, pues pronto seré descubierto. Debo huir y, sin duda, ya no volveré. Mi muerte está cercana. Lejos de vos moriré de deseo.

—Amigo, cerrad vuestros brazos y estrechadme con tal fuerza, que en este abrazo se rompan nuestros corazones y emprendan vuelo nuestras almas. Llevadme al maravilloso país de que antaño me hablabais: al país sin retorno, donde magníficos músicos cantan melodías sin fin. ¡Llevadme!

—Sí, os llevaré al maravilloso país de los Vivientes. Se acerca el día. ¿No hemos bebido ya todo nuestro goce y miseria? Se acerca el día. Cuando ya todo se haya consumado, si os llamo, Isolda, ¿vendréis?

—Amigo, llamadme, bien sabéis que iré.

—Amiga, ¡que Dios os recompense!

Cuando franqueó el umbral, los espías se arrojaron sobre él. Pero el loco soltó una carcajada, voleó su clava y dijo:

—Me echáis, señores. ¿Para qué? No tengo ya nada que hacer aquí, pues mi dama me envía a prepararle la clara morada que le prometí: la casa de cristal, llena de rosas floridas, hermosa al amanecer, cuando brilla el sol tempranero.

—¡Idos, pues, en mala hora!

Los criados se apartaron, y el loco, sin apuro, partió danzando.

XIX
LA MUERTE

Apenas regresó a Carhaix, en Bretaña, Tristán tuvo que luchar para socorrer a su querido compañero Kaherdin, de un barón llamado Bedalis. Había caído en una emboscada de este y sus hermanos. Tristán dio muerte a los siete hermanos. Pero él también fue herido por un lanzazo, y la lanza estaba envenenada.

Volvió con gran esfuerzo al castillo de Carhaix, donde hizo curar sus llagas. Llegaron numerosos médicos, pero ninguno supo curarlo del veneno, pues ni siquiera pudieron descubrirlo. Sus emplastos no expulsaban la ponzoña; en vano trituraban raíces medicinales, cogían hierbas, confeccionaban pociones: Tristán empeoraba día a día. El veneno se derramaba por su cuerpo, palidecía y las carnes se pegaban a sus huesos.

Sintió que su vida se extinguía y comprendió que iba a morir. Entonces quiso ver a Isolda la Rubia. Pero,

¿cómo llegar donde ella? Tan débil estaba, que el mar le daría muerte; y si llegara incluso a Cornualles, ¿cómo escaparía de sus enemigos? Se lamenta, la ponzoña lo angustia, espera la muerte.

Llamó secretamente a Kaherdin para contarle sus cuitas, pues ambos se amaban con leal amor. Quiso que nadie permaneciera en su aposento, salvo Kaherdin, y que nadie estuviera en las habitaciones vecinas. Isolda, su mujer, se extrañó de tan curiosa decisión. Esta le produjo miedo y quiso escuchar la entrevista. Se colocó junto a la muralla vecina al lecho de Tristán. Y mientras escuchaba, uno de sus fieles montaba guardia para que nadie la sorprendiera.

Tristán reúne sus fuerzas, se incorpora y se apoya en la muralla. Kaherdin se sienta junto a él, y ambos lloran juntos tiernamente. Lloran por su camaradería de armas y su afecto, y cada uno se lamenta por el otro.

—Mi buen amigo —dijo Tristán—, estoy en tierra extraña; no tengo parientes ni amigos, salvo vos. Solo vos habéis sido mi consuelo y gozo en este país. Se me va la vida, quiero ver a Isolda la Rubia. ¿Pero cómo? ¿Mediante qué artimaña le hago saber mi deseo? ¡Ah, si conociera un mensajero que quisiera ir donde ella! Ella vendría, tanto me ama. Kaherdin, mi buen compañero, por vuestra amistad, por la nobleza de vuestro corazón, por nuestra camaradería, os suplico: tentad por mí esta aventura, y si lleváis mi mensaje, seré vuestro vasallo y os amaré más que a nadie.

Kaherdin ve que Tristán llora, que se acongoja y se queja. Su corazón se enternece y su amor lo lleva a responder con dulzura:

—Mi buen compañero, no lloréis más; haré todo lo que deseáis. Por amor a vos, amigo, me pondré en peligro de muerte. Ni azares ni infortunios me impedirán llevar a cabo mi empresa. Comunicadme el mensaje que deseáis enviar a la reina. Me prepararé para el viaje.

Tristán repuso:

—¡Gracias, amigo! escuchad, pues, mi súplica. Tomad este anillo: es una señal entre ella y yo. Cuando lleguéis a su país, haceos pasar por mercader en la corte. Mostradle telas de seda, hacedle ver este anillo: ella encontrará la manera de hablaros en secreto. Dadle entonces el saludo de mi corazón; decidle que ella es mi único consuelo; que si no viene a mí, muero. Decidle que recuerde nuestros placeres de antaño, las grandes penas, las grandes tristezas, y las alegrías y congojas de nuestro leal y tierno amor. Que recuerde el licor que bebimos juntos en alta mar. ¡Ah, fue nuestra muerte la que bebimos! Hacedle recordar mi juramento de no amarla sino a ella. ¡He cumplido mi promesa!

Tras la pared, Isolda la de las Blancas Manos oyó estas palabras y casi desfalleció.

—Apresuraos, compañero, y volved pronto a mí; si tardáis, no me veréis más. Tomaos un plazo de cuarenta días para traerme a Isolda la Rubia. Ocultad vuestra partida a vuestra hermana, o bien, decidle que vais en busca de un médico. Id en mi hermosa nave; llevad dos velas: una blanca y otra negra. Si traéis a la reina Isolda, izad al regreso la vela blanca; si no la traéis, navegad con vela negra. Amigo, nada más tengo que deciros. ¡Que Dios os guíe y os devuelva sano y salvo!

Suspira, llora y se lamenta, y Kaherdin también llora, besa a Tristán y le dice adiós.

Apenas se levantó viento, Kaherdin se hizo a la mar. Levaron anclas los marineros, izaron la vela y singlaron con viento ligero, cortando las olas altas y profundas. Llevaban ricas mercancías: telas de seda de raros colores, hermosas vajillas de Tours, vinos de Poitou, gerifaltes de España. Con esta añagaza Kaherdin pensaba acercarse a Isolda. Ocho días y ocho noches hendieron las olas, navegando a toda vela hacia Cornualles.

¡Terrible cosa es la cólera de una mujer! ¡Guay de quien no se cuida de ella! El más grande amor de una mujer puede engendrar la venganza más cruel. Presto llega el amor a las mujeres y presto les llega el odio. Y la inquina, cuando la posee, les dura más que el amor. Saben temperar el amor, pero no el odio. Junto a la pared, Isolda la de las Blancas Manos había oído cada palabra. ¡Había amado tanto a Tristán! Por fin sabía que este amaba a otra. Retuvo lo que había escuchado: algún día, si puede, se vengará, ¡y cómo!, de quien más ama en el mundo.

Mientras tanto, disimula; apenas abren las puertas, entra al aposento de Tristán y, ocultando su ira, se aplica como siempre a servirlo cual amante esposa. Le habla con dulzura, le besa en la boca, y le pregunta si Kaherdin volverá pronto con el médico que debe curarlo. Busca, no obstante, cómo vengarse.

Kaherdin navegó hasta echar anclas en el puerto de Tintagel. Tomó en el puño un hermoso azor y cogió una tela de bellos colores y una copa bien cincelada. Regaló todo a Marés y le pidió cortésmente su permiso y salvaguardia para mercar en sus tierras, sin temer a desmanes de chambelanes y vizcondes. El rey se lo otorgó ante todos sus palaciegos.

Entonces Kaherdin ofreció a la reina un broche de oro fino.

—Reina —dijo—, este es buen oro.

Y retirando de su dedo el anillo de Tristán, lo puso junto a la joya.

—Ved, reina, el oro de este broche es más fino, siendo que el de este anillo es preciadísimo.

Al reconocer Isolda el anillo de jaspe verde, se estremeció y su rostro cambió de color, y, temiendo lo que iba a escuchar, se llevó aparte a Kaherdin, como si quisiera mirar mejor el broche y regatear con el mercader. Kaherdin le dijo con sencillez:

—Señora, Tristán ha sido herido por una lanza envenenada y morirá. Manda a deciros que solo vos podéis llevarle alivio. Os recuerda las grandes penas y los dolores que habéis pasado juntos. Os da este anillo, quedaos con él.

Isolda respondió, desfalleciente:

—Amigo, os seguiré. Que vuestra nave esté pronto a levar anclas mañana muy temprano.

Al día siguiente, por la mañana, la reina dijo que deseaba salir de caza y se hizo preparar la jauría y los halcones. Pero el duque Andret, que siempre estaba al acecho, la acompañó. Cuando llegaron al campo, no lejos de la ribera del mar, alzó el vuelo un faisán. Andret soltó un halcón para cogerlo; pero el día estaba claro y hermoso: el halcón se remontó, desapareciendo.

—Mirad, señor Andret —dijo Isolda—: el halcón se posó allá lejos, en el puerto, sobre el mástil de una nave que no conozco. ¿De quién es?

—Señora —dijo Andret—, es la nave del mercader de Bretaña que ayer os trajo un broche de oro. Vamos a recobrar nuestro halcón.

Kaherdin había puesto un tablón para unir la nave con la ribera. Vino al encuentro de la reina:

–Señora, si así lo deseáis, entrad en la nave y os mostraré mis finas mercancías.

–Con gusto, señor –dijo la reina.

Desmonta, camina recto hacia el tablón, lo cruza y entra en la nave. Andret quiere seguirla y pone pie en el tablón; pero Kaherdin, de pie junto a la borda, lo golpea con un remo. Andret da un traspié y cae al mar. Kaherdin lo golpea una y otra vez con el remo, hundiéndolo en las aguas, mientras grita:

–¡Muere, traidor! ¡Este es tu salario por todo el mal que has hecho a Tristán y a la reina Isolda!

Así vengó Dios a los amantes, de los felones que tanto los habían odiado. Los cuatro están muertos: Guenelon, Gondoine, Denoalen y Andret.

Levaron anclas, izaron el mástil y tendieron la vela. El viento fresco de la mañana hacía vibrar los obenques e hinchaba las velas. Una vez fuera del puerto, la nave se lanzó hacia el mar luminoso y blanco bajo los rayos del sol.

En Carhaix, Tristán languidece. Desea la venida de Isolda. Ya nada le conforta y solo aún vive porque la espera. Todos los días envía a ver si se divisa la nave y de qué color trae la vela; es el único deseo que lo embarga. Se hizo transportar finalmente al acantilado de Penmarch, y mientras el sol estaba sobre el horizonte, escudriñaba el mar lejano.

Escuchad, señores, un hecho doloroso, que mueve a piedad a los que aman. Ya se acercaba Isolda, ya surgía en lontananza el acantilado de Penmarch y la nave singlaba con más alegría. Un viento de tormenta se levantó de pronto, golpeó la vela e hizo dar vuelta el barco sobre sí mismo. Los marineros, contra su voluntad, hacen girar la nave de estribor a babor. El viento sopla con furia, se levantan olas enormes, la lluvia azota en ráfagas. Bolinas y obenques se rompen, los marineros bajan la vela y bordean a merced de las olas y el viento. Por desgracia, habían olvidado izar a bordo el bote que llevaban amarrado a popa y que ahora seguía la estela de la nave. Una ola lo arranca y se lo lleva.

Isolda exclama:

–¡Infeliz de mí! Dios no quiere que viva para ver otra vez a Tristán, mi amigo, una vez más siquiera; quiere que me ahogue en este mar. Tristán, si os hubiera hablado tan solo una vez, no me importaría morir. Amigo, si no llego hasta vos, es porque Dios no lo quiere, y es mi mayor dolor. Nada me importa la muerte: si Dios la quiere, la acepto; pero vos, buen amigo, cuando sepáis que he muerto, moriréis también, lo sé. Nuestro amor es tal, que no podéis morir sin mí, ni yo sin vos. Veo vuestra muerte ante mí, junto a la mía. ¡Ay, amigo! no se ha cumplido mi deseo: morir en vuestros brazos y yacer junto a vos en la tumba. Moriré sola y me hundiré sin vos en el mar. Quizá no sabréis que he muerto y seguiréis viviendo, esperando siempre mi regreso. Si Dios lo quiere, aún podéis sanar… ¡Ah! Quizá amaréis a otra mujer después de mí; amaréis a Isolda de las Blancas Manos. No sé qué será de vos; solo sé deciros que yo, si supiera que habéis muerto, no viviría mucho tiempo más. ¡Que Dios nos junte, amigo, o que yo pueda sanaros, o que ambos muramos de la misma agonía!

Así gemía la reina, mientras duraba la tormenta. Pero al cabo de cinco días la tempestad se calmó. Desde lo alto del mástil, Kaherdin izó jubilosamente la vela blanca, para que Tristán la viera desde lejos. Ya ve Kaherdin la Bretaña… Pero, ¡ay!, a la tempestad siguió la calma, quedó el mar como taza de leche, el viento dejó de henchir las vela, y los marinos se balanceaban en vano de babor a estribor, de popa a proa. Divisaban a lo lejos la costa, pero el mar les había llevado el bote y no podían poner pie en tierra.

La tercera noche Isolda soñó que tenía en su regazo la cabeza de un gran jabalí, que manchaba su vestido de sangre, y por ello supo que no volvería a ver a su amigo en vida.

Tristán estaba ya demasiado débil para velar sobre el acantilado de Penmarch, y desde hacía algunos días lloraba encerrado en su aposento, muy lejos de la ribera, por Isolda que no llegaba. Doliente y fatigado, se queja, suspira, se agita, muere casi de deseo.

Finalmente se levantó viento y apareció la vela blanca. Entonces Isolda la de las Blancas Manos se vengó. Se acercó al lecho de Tristán y le dijo:

–Amigo, Kaherdin llega. He visto su nave: avanza con gran dificultad. ¡Pueda ser que traiga a quien ha de curaros!

Tristán se sobresalta:

–Hermosa amiga, ¿estáis segura de que es su nave? Decidme, entonces, ¿de qué color es la vela?

–La he visto bien, la han izado muy alta y bien extendida, pues tienen poco viento. Sabed que es negra.

Tristán se volvió hacia la muralla y dijo:

–No puedo vivir más tiempo. -Luego repitió tres veces-: ¡Isolda, amiga! -A la cuarta vez entregó el alma.

Lloraron entonces los caballeros, los compañeros de Tristán. Lo sacaron de su lecho, lo acostaron sobre un rico tapiz y cubrieron su cuerpo con un sudario.

En el mar, se había levantado el viento, que daba de pleno en la vela. Así empujada, la nave llega a tierra. Isolda la Rubia desembarca. Oye grandes lamentos por las calles y toque de difuntos en iglesias y capillas. Pregunta a la gente de la comarca por quién lloran y doblan las campanas. Un anciano le dice:

—Tenemos un gran duelo, señora. Tristán, el leal, el valiente, ha muerto. Era munificente con los necesitados, caritativo con los sufrientes. Es esta la peor calamidad que haya tenido este país.

Isolda lo escucha y no puede decir palabra. Sube hacia el palacio. Sigue la calle, con su toca desatada. Los bretones se maravillan al verla; nunca habían visto una mujer tan hermosa. ¿Quién es? ¿De dónde viene?

Junto a Tristán, Isolda la de las Blancas Manos, enloquecida por el daño que había causado, lanzaba grandes gritos sobre el cadáver. Entró la otra Isolda y le dijo:

—Señora, levantaos y dejad que me acerque. Tengo más derecho que vos a llorarlo, creédmelo. Yo lo amé más.

Se volvió hacia oriente y rezó a Dios. Luego descubrió un poco el cuerpo, se acostó junto a él, le besó en la boca y el rostro, y lo abrazó estrechamente. Y así, su cuerpo junto al de él, sus labios unidos a los de él, entregó su alma; murió junto a él, por el dolor que le dio su muerte.

Cuando el rey Marés supo la muerte de los amantes, atravesó el mar y, al llegar a Bretaña, hizo fabricar dos sarcófagos: uno de calcedonia, para Isolda; otro de berilo, para Tristán. Se llevó en su nave los amados despojos a Tintagel. Cerca de una capilla, a izquierda y a derecha del ábside, los enterró en dos tumbas. Pero durante la noche, brotó de la tumba de Tristán una zarza verde y frondosa, de fuertes ramas y fragantes flores, que, trepando por la capilla, llegó hasta la tumba de Isolda. La gente del país cortó la zarza; pero al día siguiente esta renació, verde, florida y vivaz, y se hundió una vez más en el lecho de Isolda la Rubia. Tres veces quisieron destruirla, pero fue en vano. Al fin informaron del prodigio al rey Marés: este prohibió que en adelante se cortara la zarza.

SEÑORES, LOS BUENOS TROVEROS DE ANTAÑO, BÉROUL Y THOMAS, MONSEÑOR EILHART Y EL MAESTRO GOTTFRIED, CONTARON ESTA HISTORIA PARA TODOS LOS QUE AMAN, NO PARA LOS OTROS. OS MANDAN CONMIGO SUS SALUDOS. SALUDAN A LOS MELANCÓLICOS Y A LOS DICHOSOS, A LOS DESCO NTENTOS Y A LOS LLENOS DE DESEOS, A LOS QUE ESTÁN ALEGRES Y A LOS ACONGOJADOS, A TODOS LOS QUE AMAN. ¡OJALÁ PUEDAN HALLAR EN ESTA HISTORIA CONSUELO CONTRA LA INCONSTANCIA, CONTRA LA INJUSTICIA, CONTRA EL DESPECHO, CONTRA LA PENA, CONTRA TODOS LOS MALES DE AMOR!